La vida apenas

Pedro de Jesús
La vida apenas

bokeh *

© Pedro de Jesús, 2017
© Fotografía de cubierta: W Pérez Cino, 2017
© Bokeh, 2017
   Leiden, Nederland
   www.bokehpress.com

ISBN 978-94-91515-77-4

Todos los derechos reservados. Cualquier forma de reproducción, distribución, comunicación pública o transformación de esta obra sólo puede ser realizada con la autorización de sus titulares, salvo excepción prevista por la ley.

Había una vez (otra vez, muchas veces) 9
Mientras llega el chico a lo punk 13
La fatiga de un ala mucho tiempo tensa. 19
El retrato 29
Tormenta en el paraíso (paisaje) 51
Antes de empezar, por fin, el ascenso 55
La última farsa. 77
Engracia quiere ser máster... 107
El cuento menos apropiado 125
Ángeles y la muda 129
Fábula con monstruo. 147
Fiesta en casa del magíster 157
Instrucciones para un hombre solo. 163

Había una vez (otra vez, muchas veces)

a la memoria de Frenhofer
para Antón Arrufat

Había una vez una escritora que buscaba con apremio la idea para el último cuento de su libro más reciente. No se trataba de una superstición pitagórica según la cual su obra debiera tener un número preciso de relatos. Tampoco obedecía a la necesidad de hacer más extenso el libro y ajustarse a las demandas del concurso en que competiría. Era más bien una puja consigo, para aquilatar la fuerza de su imaginación.

Había una vez un profesor de Matemáticas que construía artefactos electromecánicos de diversión, y de pueblo en pueblo iba, en temporadas de carnaval, sometiendo a prueba su último aparato antes de venderlo. No se trataba de un ardid publicitario ni respondía a exigencias de los compradores, mucho menos al demonio narcisista del artífice. Era más bien deseo puro, un vivísimo disfrute.

Había una vez un profesor de Matemáticas y una escritora que coincidieron –azar o destino– en la barahúnda del carnaval.

La escritora, de paso en el pueblo, detallaba el enorme columpio en cuyo asalto las hordas de niños se sucedían. No eran, sin embargo, las dimensiones el origen del interés, sino las fabulosas formas de dragón con que había dotado el constructor al andamiaje.

Verdinegras las escamas y en las alas extendidas, tenues irisaciones de amarillo y azul. La cola, aparatosamente curva, parecía inmovilizada en un gesto de pereza o bizarría. Luces rojas y anaranjadas se apagaban, se encendían, en los ojos y la hendidura apenas entreabierta de la boca.

El inventor sentía curiosidad por aquella joven larguirucha y casi al rape que —ora estática, ora en lentas circunvoluciones— escudriñaba el ingenio. Al principio la supuso una inspectora a la caza de irregularidades o desperfectos, pero al cabo comprendió:

—¿Le gusta?

—Hermoso, sí... Es una lástima la boca... ¡Muy pequeña!

Había una vez un profesor de Matemáticas y una escritora, tan arrobados en su charla sobre el mecanismo que movía al artilugio y las maniobras para construirlo, que cuando se percataron, estaban ya en las trochas. Casi al amanecer, semidesnudos en la cima de un acantilado, supieron al fin quienes eran: el profesor de Matemáticas y la escritora.

Había una vez la escritora que buscaba con apremio la idea para el último cuento de su libro más reciente. Había una vez el profesor de Matemáticas que construía artefactos electromecánicos de diversión y ofreció su propia vida como asunto del relato.

—Imposible —sentenció ella. La vida de él, violentamente dividida entre normativas de maestro y extravagancias de inventor, mucho debería de asemejarse a las del resto de los personajes del libro, ocupados en sobrevivir. Buscaba algo extraordinario que redimiera de la realidad a sus lectores.

—Escribe esto entonces.

—¿Qué? —alcanzó a preguntar antes de que él la besara.

Había una vez la escritora que rehusaba escribir la aventura, para ella tan común, con el profesor. Necesitaba algo entrevisto más allá del sexo y la cotidiana sobrevida, un fruto exclusivo de la imaginación.

Decepcionado, el inventor propuso regresar, y de vuelta al corazón del pueblo, hallaron a una docena de policías en torno al columpio. Se había roto un cable tensor, la parte delantera cayó sobre la plataforma de metal que le servía de base, y el dragón perdió el hocico.

Había una vez la escritora. Huyendo del entusiasmo que inspiraba en el profesor, se escabulló, apenada por la impresión de indolencia que su fuga suscitaría, pero feliz de haber descubierto la idea para el último relato del libro: sería una historia fantástica, animada por la figura de un dragón que nadie pudo antes imaginar.

Había una vez el profesor de Matemáticas. Mientras lo acarreaban hacia la estación policial, hundía los ojos en la multitud con la desoladora convicción de haber perdido para siempre a la mujer, tan cautivante.

Firmó la notificación de una multa, desmanteló y puso a resguardo lo que del columpio quedaba, y vagó en infructuosa pesquisa. La escritora se había esfumado: inútil también su conato de concebir una historia íntegramente imaginaria. Cuanto dragón vislumbraba era fruto de alguna reminiscencia erudita: le recordaba al guardián centicéfalo del Jardín de las Hespérides o al monstruo de Job o al hijo del dios Ares, el dragón con dientes engendradores de hombres…

Confinada su imaginación en el redil de la sabiduría, la escritora renunció a su propósito, y aunque el libro seguía pareciéndole incompleto, lo envió al concurso.

Espoleada la inventiva del profesor por la añoranza de la mujer, emprendió la creación de un nuevo artilugio. Y llegó la temporada de carnavales. Y de pueblo en aldea, de villorrio en ciudad, lo fue exhibiendo. No sabía que la escritora había ganado el premio y andaba de gira por la isla, promoviendo su libro.

Había una vez la escritora y el profesor de Matemáticas que coincidieron —azar o destino— en el pandemónium del carnaval.

La hermosura del tiovivo la ensimismó. Eran nueve las figuras que giraban, y en las nueve se reconocía, transformada cada vez en una criatura diferente hasta completar el ambicioso espectáculo de todas las sirenas que en el mundo han sido: las había aladas y otras con la cola de pez; en las manos una llevaba lira, otra plectro, una fruta rutilante y ofrecida, un peine, un espejo... Las había lánguidas y también amenazadoras, las que parecían guardar un secreto de siglos y las que entonaban una canción para hechizar al mismísimo Odiseo. Una se erguía sobre una concha; la hizo pensar en la Venus de Boticelli.

Había una vez la escritora que miraba el tiovivo, y mientras más lo contemplaba menos lo veía. Veía a la Helena de Eurípides invocando a las sirenas para que acompañaran con acentos armoniosos su treno en honor a Proserpina. A la Virgen de muchos nombres entregando su cuerpo a los tripulantes de la única nave que podía llevarla a Tierra Santa. Y a las sirenas que se precipitaron al mar, vencidas por la música de Orfeo. Y a la Diosa Blanca, la Musa suprema...

Había una vez el profesor de Matemáticas que se acercó a la mujer, dichoso:

—¿Te gusta?

Imposible asumir el desafío que entrañaba la pregunta. Cientos, miles de cuentos había en los cuales un hombre y una mujer se reencuentran y son felices. Como también había otros tantos donde jamás.

—Carece de imaginación, y sin embargo me conmueve. No entiendo por qué –dijo, y como ignoraba cuál de tantas mujeres había respondido, tampoco supo si fue ella quien se atrevió a besarlo o si sería, acaso, la que dio definitivamente la espalda.

Mientras llega el chico a lo punk

Siempre quise imaginar una historia donde Márgara y el Mariachi fueran felices. No bastaba que él llegase, con la eterna borrachera a las tantas de la madrugada, y ella se desperezara, solícita y coqueta, ajustándose el pañuelo de nailon sobre la ancha frente mientras le servía en silencio el vaso de agua. No bastaba porque el Mariachi parecía indiferente a la fidelidad ritual de aquel trato y a la demanda que a mi juicio escondía: continuaba con su canto y sus paseítos por toda la cafetería, haciéndose la idea de que era el escenario de su triunfo. Solo al rato se empinaba el agua y pedía más, monosilábico e imperativo. Luego cerraba los ojos y volvía a cantar, sentado ya, pulsando cuerdas o teclas ilusorias en el aire, dirigiendo con sus manazas una orquesta de sombras. De codos sobre el mostrador, abrazada a sí misma como si la poseyera un frío ajeno a las estaciones, Márgara lo contemplaba.

Solo en ocasiones lo mandaba callar, con una voz en que el ímpetu y el fastidio se entreveraban de un modo eficaz con la ternura, y el Mariachi obedecía. Quizá por mis deseos de que ambos se descubriesen al fin como posibles y mutuamente se redimieran, vislumbraba en aquel acatamiento un signo de reciprocidad, de tácita entrega. Mucho más cuando desenfundaba de los pantalones su caneca plástica y le decía «un traguito, negra», y ella, arreglándose por enésima vez el pañuelo, parpadeaba y extendía su mano cenicienta.

Figurarme que Márgara y el Mariachi —aquellos solitarios, aquellos seres venidos a menos a quienes los demás veían como trazados gruesamente, sin la ambigüedad y riqueza de un matiz o claroscuro, sin el sobresalto transfigurador de una aspiración—

recompondrían su imagen hasta alcanzar la apariencia de integridad que se espera de lo humano, era reconfortante para mí.

Por eso la madrugada de este cuento me sentía alegre, optimista. Aunque llevaba un cuarto de hora de cuclillas, entre escombros y excrementos, condones y papeles sucios, aguardando a un chico a lo punk, de *piercings* en el labio y la ceja, me ilusionaba que el Mariachi hubiese entrado a la cafetería sin tambalearse y mudo. Tan sorprendente era el cambio que la propia Márgara no sabía si permanecer sentada o apurarse en busca del agua. Él debió de hacer algún chiste o tal vez se atrevió a más y musitó un elogio, porque ella se sonreía y bajaba la vista y volvía a subirla y entonces miraba hacia todas las puertas por si un cliente inoportuno aparecía –y la sonrisa no se le marchitaba.

El Mariachi tomó asiento y con las manos sobre los muslos hablaba, hablaba. Desde mi escondrijo solo veía su espalda, la camisa de siempre y las botas cosidas con alambre. Estoy seguro de que hablaba porque ella, de vez en cuando, movía brevemente los labios, como acotando o respondiendo. Quizá el Mariachi le agradecía tantas atenciones, se disculpaba incluso por sus torpes modales de borrachín y el poco interés que parecía prestarle a Márgara, cuando en verdad...

Escogía palabras plausibles para la conversación y de pronto me desalentaba. ¿Podría realmente el Mariachi usar las que yo le endilgaba? Cabía, además, la posibilidad de que no estuviese declarando su amor, su gusto o su deseo; tal vez contaba que tenía el hígado enfermo y dejaría de beber o quién sabe qué otro asunto sin trascendencia para mi cuento.

Con solo desenfocar la escena de la cafetería moviendo la cabeza, divisaba al chico: una cuadra más allá caminaba por entre las buganvilias, iba y venía, las manos en los bolsillos traseros –poderosas las nalgas, incitantes los brazos lampiños y el grueso cogote. Para hacérmele visible asomé al boquete donde otrora hubo una ventana, pero de inmediato retrocedí: el sereno del atelier había sacado un taburete y tomaba el fresco de la madrugada en el portal. Razonando que el chico demoraría en decidirse a entrar, volví a mi punto de observación.

Era Márgara quien se empinaba uno, dos vasos de agua y hablaba, hablaba, tocándose el pañuelo y la frente. ¿Le estaría confesando sus complejos de cocotimba? Tal vez el Mariachi le había propuesto matrimonio y ella rehusaba porque no creía en promesas de abstinencia, demasiadas le habían hecho sus antiguos consortes. O quizá argumentaba que el hijo, el único, aunque preso hacía diez años, desaprobaría aquella unión, y ella –Márgara tal y más cual– no era de esas, más mujeres que madres.

No. Indudablemente no lo rechazaba. Reían a carcajadas, los robustos incisivos de ella resplandecían –caprichosos destrales–, y pensé que a lo mejor ciertas condiciones que Márgara había impuesto para juntarse, eran la causa de la súbita hilaridad: si el Mariachi se bañaba todos los días, si se ponía los dientes postizos...

Pero aquella suposición tampoco me parecía verosímil: Márgara y él no llegaban a tal grado de cinismo. Se me ocurrió entonces que rememoraban alguna noche de sábado en que la cafetería se llenaba de adolescentes y jóvenes, y el Mariachi pagaba las culpas de que la discoteca del pueblo cerrase tan temprano. Tenía Márgara –a veces con la espumadera en ristre– que enfrentarse a las huestes de vejadores y bravucones para que lo dejaran en paz.

Sobre algo así debían de jaranear, porque él se irguió entre la banqueta y el mostrador y con los brazos alzados le ripostaba, mientras ella seguía riendo y su índice remarcando que no. Yo desesperaba por que él brincase al otro lado y la forzara a un beso, a un abrazo. Pero el jolgorio cesó de repente, el Mariachi volvió a sentarse y Márgara después, enseriados los dos, casi solemnes.

Aunque la nueva situación retardara la historia, el conflicto había progresado hasta un punto que exigía un desenlace. Como también el conflicto entre el sereno y el chico de los *piercings*, que debía entrar al edificio en ruinas sin que el otro lo advirtiese. Me parapeté en el boquete, eché una ojeada a la calle hasta donde la perspectiva me dejaba, escruté las buganvilias. Ni una sola púa del punk. El sereno había puesto una grabadora al pie del taburete. ¿Buena Fe o *country music*? No distinguía. O el chico había desistido o se había aventurado al peligro de lo más difícil: atravesar el patio de una casa habitada, salvar la tapia y luego una cerca de malla pirle.

Esperanzado y a tientas avancé hacia el fondo. Lo imaginaba recostado contra una de aquellas paredes semiderruidas, que su mano me halaba y yo perdía el equilibrio, y a punto de caer aparecía la otra mano, sus brazos, el pecho cálido y desnudo que mi cara iba rozando en el ascenso, y mis labios se abrían... Pero a todas luces los deseos del muchacho no alcanzaban para tanto.

De regreso, otra vez en cuclillas, noté que algo definitorio había sucedido. El Mariachi, parado en una puerta de la cafetería con actitud de sheriff, inspeccionaba la calle de enfrente, y Márgara, en un extremo del mostrador, la calle lateral. Se cruzaron unas señas; no se ponían de acuerdo: ella insistía en colarlo por detrás, por el área de elaboración; él, sin embargo, quería ir a su encuentro de un modo que juzgué más audaz y romántico: saltando el mostrador. Márgara tuvo que ceder: a pasos ágiles se perdió tras la cortina, de un azul desvaído, negro de pringue.

Palpitante de júbilo, dominado por la emoción –tal y como la peripecia demandaba– no quería perder detalle alguno, y me arrodillé para estar más cómodo. Ahora contemplaría al galán sorteando la barrera que lo separaba de su amada. Ahora sería testigo del momento en que los protagonistas se precipitaban al acto sublime que los redimiría, a la consumación de su sino.

Pero la realidad se aprestaba a reafirmar su terco poderío: una vez que el Mariachi hubo franqueado el mostrador, se acercó a la cajucha de madera donde estaba el dinero de la venta y tomó, estrujándolos para deslizarlos rápidamente en su bolsillo, unos billetes. Con la misma mano apartó la cortina y fue tras Márgara.

Ni siquiera tuve tiempo de incorporarme y reaccionar: la punzante frialdad del metal contra mi cuello, el vaho sobre mi oreja, la voz conminatoria exigiéndome la billetera. Solo entonces comprendí que el chico a lo punk, como el Mariachi, se había aventurado al peligro de lo más difícil: atravesar la casa habitada, salvar la tapia y luego la cerca de malla pirle. Y para colmar mi perplejidad, logré al fin distinguir a Buena Fe. Porque era Buena Fe y no música *country* lo que el sereno escuchaba. Tanto le gustaba la canción que había aumentado el volumen. «Todos, todos nacimos ángeles…» —se oía nítidamente.

La fatiga de un ala mucho tiempo tensa

Al principio la paloma negra le pareció un mal augurio. Adrián había descubierto la sangre sobre las baldosas de la terraza; al fondo, arrinconado entre las macetas de begonia, estaba el animal. Temía tocarlo no tanto porque las aves hospedasen una sarta de bichos microscópicos capaces de producir la muerte, sino por mera superstición y quizá también por desidia: ni siquiera sabría qué hacer con una paloma herida entre las manos.

Cerró la puerta con la esperanza de que un gato o perro del vecindario se hiciera cargo durante la noche. Pero a la mañana siguiente, de puro milagro, la paloma seguía allí, rediviva, moviéndose por toda la terraza mientras intentaba infructuosamente alzar el vuelo.

Adrián creyó vislumbrar en el hecho un signo de Algo cuya cabal interpretación, no obstante, se le escabullía. Algo relacionado con su vida, o con su muerte, que para el caso eran lo mismo.

Al principio debí de parecerle justo lo que era: un ave de mal agüero. Pero en vez de amilanarlo con mi presencia de bata y zapatos blancos, fui yo quien se sintió acorralada, entrampada en el papel de infausta mensajera.

Adrián me brindaba café, jugo de tamarindo, sidra: la inconcebible posibilidad de cualquier refrigerio o mejunje. Me ofrecía sus cigarrillos Camel, se prodigaba con que si Caetano, R.E.M., Enya, la Señora Sentimiento:

—Venga, habla —me conminó de repente en mitad de la canción—. No tengas miedo ni lástima, que eso no me va a salvar.

Adrián fue siempre un hombre tajante, casi ríspido, a pesar de la sonrisilla con que acompañaba las frases más acibaradas. El contraste imprimía un matiz irónico a la expresión, aumentaba su insidia.

Digo esto no tanto para describirlo como para hacer evidente que me resultaba insoportable. Habíamos pasado un curso de técnicos en epidemiología y solíamos trabajar en el control de vectores y enfermedades transmisibles. Intransigente, era capaz de armar un juicio sumarísimo por una larva de anófeles o un pequeño error en la cifra de cualquier insípido informe sobre tasas de incidencia, morbilidad y palabrejas por el estilo.

Pero apenas la economía del país entró en crisis, el epidemiólogo de bandera y escudo se convirtió en tenaz merolico. Compraba y revendía desde cepillos dentales hasta medicamentos y artículos de bisutería, cocina o maquillaje. Siendo tanta la escasez, el negocio prosperaba. Según la rumoración pueblerina, llegó a disponer de una amplia red de suministradores en almacenes, fábricas y tiendas de las provincias vecinas.

—Seropositivo, ¿no es eso? —apagó el equipo—. ¿Qué acostumbras decir después de la noticia?

Sara puso el grito en el cielo cuando Adrián anunció su propósito de curar la paloma y conseguirle pareja:

—Es una idea suicida —concluyó la histérica disertación sobre el *cryptococcus neoformans,* hongo que abunda en las heces de los pichones y provoca daños letales en el cerebro humano donde consiga penetrar. Adrián conocía el discurso al dedillo, y para sorpresa de Sara lo hacía reír:

—Suicida, sí, ¿y qué?

Quedó quieta y callada, sopesando las palabras. Esta vez no apelaría a la deprimente arenga antidepresiva, a los terapéuticos mi amor, mi cielo y vocativos afines. No esgrimiría los sentimientos que la unían a él procurando demostrar que eran razón suficiente para seguir vivo.

—No tienes cojones para pegarte un lazo. No puedes arrancártela solo y quieres hacerme cómplice, involucrarme.

Ecuánime o aparentándolo, Adrián admitió su falta de entereza, declaró su miedo. Pero, amigo de retorcer las ideas con la perversa intención de zaherir al contrario, la acusó de algo semejante: el hecho de que Sara hubiera iniciado relaciones íntimas con un seropositivo, a pesar de los condones y otras cautelas, era tanto o más riesgoso e igualmente suicida.

No tuvo reparos en usar ciertos detalles biográficos que ella misma había confesado en charlas más pacíficas. Todo para probar que la vida de Sara era mierda, un fracaso doblemente deplorable porque, hipócrita, se escudaba tras el amor y la caterva de afectos sinónimos.

—Lo que quieres es infectarte. Buscas también un cómplice y ni siquiera te atreves a reconocerlo.

Sintió ganas de gritar que era un tipo mezquino, monstruoso; decirlo en mayúsculas y separando las sílabas. Deseos de arañar, morder, golpearlo. Sin embargo, se ajustó el corsé de interlocutora civilizada y amante omnicomprensiva:

—Tienes razón. Eres un hombre muy lúcido, difícil de engañar. Por eso te amo. Quizá solo por eso.

Era una tortura visitar a Adrián, no obstante la exquisita variedad de bebidas y comestibles con que me agasajaba, la amplia discografía que acumulaba sin asomo de fanatismos tiránicos y excluyentes. Telefoneaba a mi oficina pidiendo conversar sobre los efectos del AZT y demás antirretrovirales, o acerca de la última terapia que ensayaba algún laboratorio del primer mundo. Una vez frente a frente, obviaba el motivo por que me había hecho acudir y la emprendía a injurias: que era una espía a sueldo con la misión de informar sobre la intimidad de los seropositivos; que fabricaba pruebas contra quienes las autoridades sanitarias se empeñaban (por saña o terror) en reenviar al sanatorio; que...

Apenas ripostaba. Haberme convertido en promotora y consejera sexual por obra y gracia de sendos cursos emergentes suponía el riesgo de ser vilipendiada por los seropositivos recién diagnosticados, tan susceptibles y paranoides según la literatura que describía su comportamiento. Además, desde los tiempos en que trabajábamos como epidemiólogos, Adrián siempre me hizo sentir imbécil, mujercita, con el coeficiente intelectual de una hormiga o polluelo.

En su opinión, yo asumía superficialmente la consejería y otras labores promocionales a favor de los portadores sanos y los enfermos, mi faena constituía un formalismo, un proyecto huero e impracticable porque nadie –ni los gestores ni los encargados de ejecutarlo– ponía corazón en el asunto.

Yo tomaba, comía, dejaba monologar su bilis, y mi silencio lo enfurecía más. Despotricaba contra la reclusión sanatorial, le parecía segregacionista, violatoria del derecho humano a la libertad. Blasfemaba de la política que dividía a los portadores en confiables y no confiables, como si la difusión del virus fuera exclusiva incumbencia de ellos y el resto de la sociedad estuviera exento, etcétera, etcétera. Todo a cuanto se refería era irrespetuoso, reprobable.

¿Y qué podía hacer una tarada cabeza de chorlito, encarnación del Maligno, sino continuar ingiriendo entremeses, embuchando frutas, tragar y atragantarme como posesa por mil demonios glotones, mientras el exorcista vituperaba a los malos espíritus?

A veces, cuando todo se me quedaba vacío (despensa, monedero, estómago), me resignaba a la tortura de las diatribas y lo visitaba sin que me hubiese llamado.

Mientras el animal sanaba, consultaron a los colombófilos de más fama en el pueblo, se agenciaron libros, revistas, folletos. Aprendidas ciertas mañas de la reproducción, la cría y el entrenamiento, compraron un macho blanco y subieron a la azotea los primeros cajones del futuro palomar.

Averiguar, oír, aprender del novedoso mundo que a cada instante juzgaba más vasto, colmaban el tiempo de Adrián pero no su entusiasmo. Buscaba granos para la alimentación, tablas y clavos por la ingente demanda de espacio de los crecidos pichones, como quien se afana en cumplir con un sacrificio autoimpuesto.

Aunque atea, Sara lo secundaba rezando en secreto por que un Dios sin nombre lo librase de la criptococosis. Vigilaba nidos y huevos, la hora exacta en que debían cada tarde volar las palomas; revisaba si en los techos había algún resquicio por donde la lluvia pudiese penetrar; se esmeraba, sobre todo, en la limpieza de las heces, que recogía y luego incineraba.

No obstante la comunidad en los ajetreos, sentía la distancia de Adrián. Taciturno, casi ni reparaba en ella, y hasta dejó de llamarla «mi geisha», lisonja que solía tributarle por la hermosura de sus menudos pies, habitualmente descalzos, y las excelencias eróticas de sus dedos y plantas.

Sara se extasiaba contemplando los caprichos del color en el plumaje, la inquieta fosforescencia en los ojos de las palomas. Encomiaba la fidelidad de las parejas, la calma y elegancia en el vuelo que, según ella, traslucían una envidiable seguridad en sus propias fuerzas. Adrián permanecía ajeno a tanto elogio, se le antojaba una ridícula maniobra para trasmitir algo parecido a un consuelo. Ella ensalzaba el sentido de pertenencia a un sitio que tenían las palomas. Él metía las narices en los cajones, respiraba profundo, manoseaba las heces.

Una tarde cambió todo.

Adrián empezó a hablar de su familia: huérfano de madre desde los doce años, cien madrastras brujas y un padre donjuán pero no príncipe, que terminó entregándolo a una tía solterona. Para mayor infortunio, el hada madrina era ya un carcamal y diabética: su destino fue una silla de ruedas y luego la cama de un hospital: piernas amputadas, un rosario de isquemias cerebrales, escaras... La carne se le iba pudriendo y el espíritu resistía. Adrián vigilaba día y noche el curso de su respiración hasta que por fin cesó.

Después fueron las mujeres: mil espejismos y una verdad: seguía solo, huérfano hasta de sí, porque ya no supo dónde estaba el Adrián que apostaba al amor, en qué sitio lo habían sepultado, si acaso existió.

Para colmo, ni una sola de las examantes se le había acercado cuando la noticia de su enfermedad cundió en el pueblo. Tampoco había cultivado amistades sólidas que lo apoyasen en aquel difícil momento. En cuanto al padre: emigrado, viudo de su enésima esposa, hecho un despojo en un *home* de Wisconsin, porque los hijos, yanquis todos, debían trabajar muy duro y no les alcanzaba el tiempo para cuidar a un anciano con Alzheimer.

A mí se me salían las lágrimas, no tanto por el relato lleno de trivialidades y carente de emociones que la ironía del narrador escamoteaba: obra de la casualidad o el destino, mientras deglutía confites y a medias escuchaba, recordé a mi hija, que no era huérfana ni seropositiva sino hija única, malcriada, y había huido de casa a los dieciséis, peleada a muerte conmigo.

Adrián no podía creer que su historia, contada sin patetismo, me conmoviera de tal modo e intentó calmarme; no muy ducho en esos menesteres, apeló a los recursos de que disponía: agua carbonatada, refresquito de esto, traguitos de lo otro. Pero si mucho yo tomaba, más lloraba, y seguro que Adrián pensó en cambiar el método de consolación por uno menos hidratante.

Fue entonces cuando puso la mano en mi cabeza. Efecto mágico. Me sequé las lágrimas y hablé hasta por los codos. Horrores de familia. Porque la mía, de abuelos terratenientes y padres abogados —estirpe venida a menos a principio de la Revolución, y ahora, casi al final, de menos a peor—, es pródiga en monstruosidades.

Resulta obvio que cayera en la cuenta de que el llanto, mi conmoción, poco o nada se relacionaban con su drama. El equívoco le hizo gracia y empezó a reír. Yo, que si mi madre era una Arpía, mi hermana una Quimera, mi hija una Gorgona, mientras él se desternillaba.

—Eres una puñetera egoísta —me besó en la frente.
—Tú también —lo besé en la boca.

Una mañana cambió todo.

Al despertarse, Adrián descubrió que la paloma negra había muerto, y vislumbró en el hecho un presagio fatal. Desnudo frente al espejo se fue escrutando para detectar señales, indicios de una transformación que, suponía, comenzaba a acontecerle. Pero como el resultado del examen no se ajustaba a la presunción, telefoneó al trabajo de Sara.

Lo encontró ovillado en medio de la cama, aferradas las manos a los tobillos, reacio a comunicarse, a abrir los ojos, a variar la postura. Solo cuando ella dijo de llamar al hospital se estiró, fingiendo un bostezo. Turbada y furiosa, Sara lo embistió. Él soportaba los golpes, le hacía cosquillas en los ijares, trocaba en risas y carantoñas el conato de violencia.

—¿Te asusté porque era un muerto o porque el muerto era yo?
—Porque era un muerto.
—¿Y yo no te importo?

Por vez primera percibió en las palabras de Adrián una transparencia exenta de matices, extraña a las dobleces y la mordacidad. La asombró tanto aquella expresión casi ingenua que sintió temor por la respuesta que había dado, más acorde con la maraña habitual de sus diálogos.

–¿A qué viene esa pregunta?

–Pensé que yo sería un muerto especial para ti.

Sara iba de la sorpresa al recelo, del gozo a la contención. Palpitante y perpleja, solo atinó a tomarle una mano y atraerla hasta su pecho.

–La paloma negra amaneció muerta –dijo él.

Supo entonces que el lenguaje de Adrián era recto; libre de toda resistencia emergía la voz natural. El niño volvía atravesando las sucesivas máscaras contra la orfandad, la errancia, la adultez: el absurdo. Y como a un infante lo acurrucó acariciando sus cabellos.

–Yo te protegeré.

–No tienes manera, y lo sabes.

–Al menos no te abandonaré. Dejaré mi casa y vendré a vivir contigo.

Él se separó un poco para mirarla de frente:

–Tenemos que deshacernos de las palomas.

Ignoraba de qué modo su necesidad de usarme como vehículo para descargar la rabia contra sí y el resto de los humanos, fue deviniendo urgencia de poseer, casi estropear mi carne; según qué misterio o fuerza transité de la más viva repulsión a la indiferencia más acomodaticia, del apetito por las golosinas y brebajes a las ganas por Adrián, el suministrador.

Él se encargaba de atribuir al romance torcidas motivaciones. Unas veces éramos un par de solitarios que compartían el vacío de sus existencias por el mero vicio o automatismo que tiene el *homo sapiens* de intercambiar algo: gestos sin verdadera tensión, palabras siempre ajenas, el teatro de los afectos. Otras veces lo nuestro había sido arteramente urdido por mí para arrebatarle en la intimidad nombres de amantes que había ocultado a los inquisidores del sanatorio.

Pero ya no sonreía con aire de superioridad y menosprecio: éramos cómplices en el disfrute y la amargura de su juego. Hasta entonces no pude entender toda la desesperación de quien se sabe chantajeado por la muerte, pletórico de ella como un campo por el fuego de la dinamita, y teme, calcula el mínimo paso, apenas respira, o echa a correr enloquecido, la boca abierta y los pulmones ávidos, para que el terror de la amenaza acabe en esa última tentativa de libertad.

Por eso lo apoyé en aquel tortuoso suicidio. Nuestra relación nunca fue capaz de cambiar el sentimiento de estado de sitio que lo embargaba, y tampoco se atrevía a encarar la muerte entregándose a la carrera por el campo de minas. Lo suyo era lento, con la timidez de un equilibrista no muy avezado o un zapador no muy convencido.

Así dicho, nada hay de la intensidad y la zozobra con que viví la historia de Adrián ¿Pero cómo podría decirlo? No sé si lo amé o lo admiraba simple, secretamente; si estaba sola, casi menopáusica, y me gustaba el sexo brioso y hábil con él. Acaso actuaba el papel de madre protectora que mi hija rehuía concederme; quizás era lástima, piedad, o de tanto leer manuales sobre seropositivos me sedujo la aventura al punto de comprometerme. ¿Me quiso o me odiaba como a todos y hacía el amor por mero instinto? Tal vez me usó, lo usé, ambos nos usamos. De qué valen tantas preguntas.

Cuando Adrián reparó en la enorme cantidad de cajones que con suma indiferencia había armado, y estimó el número de palomas que había conseguido reunir, el desconcierto lo paralizó. ¿Cómo deshacerse de tantos animales? Regalarlos o venderlos tomaría tiempo y entrañaba ciertas dificultades: elecciones, pactos, trasiegos...

Sara avanzó hasta el cajón donde yacía la paloma muerta, y él se dejó llevar por el impulso de seguirla. Pudo ver el desasosiego del macho revoloteando en torno al cuerpo exánime, la inquietud de sus patas. Por vez primera apreció la belleza de los ojos rojinegros, el garbo del plumaje. Renuente a abandonar la guarida, apenas Sara se apoderó de la hembra, el palomo salió tras ella. Adrián alabó en silencio la precisión y firmeza del salto; la idea de la fidelidad, quizá de la costumbre, cruzó por su mente: sintió un aguijonazo en la sien.

Ella tampoco sabía qué hacer con la paloma, la sostenía en las manos como si durmiera. Él pensó que una nueva pareja aliviaría la tribulación del sobreviviente, y otro latido en la cabeza hizo que entreviera el sinsentido de cualquier pensamiento

—Ya no hay remedio —dijo.

—¿Por qué dices eso?

No quiso responder. Caminando por entre las palomas que respiraban, picoteaban, cundían de una macabra hermosura la azotea, fue hasta la escalera y empezó a descender.

El retrato

1.

Ella se llamará Ana. Será pintora.
Él se llamó Jorge. Fue propietario de un Chevrolet 57 y chofer.
Ellos se llaman Gabriel y Héctor. El primero es bello. El segundo posee al primero.

2.

Ana conocerá a Jorge en la acera del hotel Presidente un día en que intentará llevar hasta Ánimas 112, su cuarto, a dos *marchands* norteamericanos. Ellos pagarán los cinco dólares que Jorge les cobró por el viaje, y Ana invitará al chofer, provocativa, a visitarla cuando fuera de nuevo por La Habana Vieja.
Él fue la semana siguiente, sin pretextos, viajes imaginarios o casualidades de última hora. A ella le habrá gustado mucho su cuerpo robusto y velludo, el desenfado casi vulgar de su jerga, el bulto preciso y compacto de su pelvis, las manos gruesas, el cabello cortísimo y negro, la barba incipiente, las patillas largas y profusas, las orejas sin las argollas de moda, el torso breve y musculoso. Lo bautizará Toulouse-Lautrec aunque no se lo diga. Le habrá gustado su piel trigueña, continuamente sudada, y la despreocupación con que dejaba acumular las pequeñas gotas de la frente y desplazar las grandes del pecho y el abdomen. A lo sumo él se abría la camisa y trataba de ventilarse batiendo la tela contra la carne. A ella le habrá gustado su primitivismo y

la seguridad con que lo exhibía. Le gustarán los hombres que gustaban antes de las revoluciones sexuales y los movimientos feministas. Adorará sentirse penetrada, avasallada por un cuerpo grávido que la cubra completamente hasta llegar a los umbrales de la asfixia. Solo eso le insuflará fuerzas para pintar y se las quitará de nuevo: un ciclo eterno que la arruinará como artista. «Yo no soy pintora; soy una de las putas de Toulouse-Lautrec», escribirá en un diario que a nadie le interesará leer: nunca aparecerá: no existirá.

Ella abrirá la puerta, se sorprenderá realmente, y así sorprendida le preparará una infusión de canela y jengibre porque no tendrá café. Será de noche. Estarán solos. Mientras hierva el agua correrá al espejo del baño para escrutarse, obsesiva, la fealdad del rostro largo y enjuto, la nariz escabrosa, la frente ancha, el pelo lacio y demasiado seco, el cuello raquítico. No intentará maquillarse; se dirá que la expresividad de la mirada la torna bonita, y con esa convicción regresará a la sala.

Él preguntó por los norteamericanos, y ella responderá que no habrá tenido suerte, no les habrá interesado su pintura. Fue entonces cuando él supo que ella será pintora. Pintora. La palabra no le sugirió nada preciso, sólo una extraña imagen se posó en su mente: los dedos de Ana apretando una brocha, tal vez un pincel. Ana atravesará esa imagen con una rapidez fotográfica: Ana rozándole el miembro por encima de los pantalones. Le pedirá desnudarse inmediatamente, aclarando que no puede sostener relaciones con hombre alguno sin verle antes la pinga.

Él lo hizo, parsimonioso, y eso aumentará el deseo de ella; las rodillas le temblarán de tanto deseo. Sentirá un ahogo, y creerá haber perdido la voz para siempre. Pero la mirada no: la fijeza de la mirada arrebatará las ropas de Jorge como arañazos sordos. La vivacidad del pene durante la ceremonia del desnudamiento le servirá a Ana para corroborar que aquel hombre habrá sido correctamente elegido. Un hombre que no se preguntaba nada. Que sabía percibir la furia de su mirada y no le reprochaba una frialdad que no existirá. Varias veces escribirá esa idea en el diario y estará tentada a decir que su conducta será la de una mujer posterior a las revoluciones sexuales. Pero no lo escribirá, no lo pensará siquiera. Sólo afirmará: «Detesto las contradicciones».

Jorge desnudo fue la destrucción de Ana. Vestida, se arrastrará arrodillada hasta la destrucción, a unos centímetros de su boca. Pondrá unos cojines para alcanzarla. La mojará con la punta de la lengua, la pellizcará con los labios, la morderá muy suavemente, la esconderá dentro de sí con la falsa tranquilidad de que las cosas sumergidas terminan por desaparecer. Ella jugará con la destrucción, querrá tenerla y dejarla, la sacará y volverá a descubrirla, enorme –¿por qué ella habrá de suponer que la destrucción es siempre algo enorme?–, y no se atreverá a tocarla por miedo a perder la posibilidad de destruirse. Llorará.

Jorge trató de incorporarla tomándola por los codos, pero Ana se resistirá con desgano. Estará fláccida. Él cobró más fuerzas y repitió el movimiento. Ana tendrá que ceder, erguirse hasta que el pene le roce el ombligo. Sentirá el frío de la saliva en el vientre. Le implorará a Jorge caminar por la habitación.

Él se desplazaba con la torpeza del asombro. (Era un chofer modelando.) Pero su pene seguía vibrátil, balanceándose precariamente en el aire. Ana se secará las lágrimas y extática empezará a sugerir posturas atrevidas. Al final, después de una veintena de poses, fue obligado a machihembrarla encima del piso, en una esquina de la sala, con la cabeza de ella chocando contra la pata de una vieja silla de mimbre.

Cuando Gabriel y Héctor tocan a la puerta, Jorge había eyaculado tres veces y Ana estará deseosa de coger los pinceles abandonados durante semanas, desde su última aventura. Tendrá una idea muy vaga. Querrá pintar su propia mirada.

Jorge se vistió con premura. Ana lo hará despacio. Gabriel y Héctor entran intempestivos, sin importarles la presencia del desconocido, como si no existiera. Jorge se fue apenas presentado: ella no soportará la mezcolanza de sus amantes con sus amigos gays. Después de saludar a Ana con la espectacularidad típica de quienes no se ven desde hace un año, Héctor comenta la huida de Jorge en tono jocoso. Ana defenderá una vez más su concepto separatista del mundo. Héctor riposta –frase célebre:

—No es que tú pongas las yaguas antes de caer las goteras, sino que tienes el techo forrado de yaguas siempre. Eso es fraude.

Ella tal vez la consignará en el diario, como prueba del ingenio del amigo.

Tratando de cambiar el curso de la conversación, Ana preguntará sobre las andanzas de Héctor en España. Él se extiende en la respuesta pero lo hace con la misma neutralidad de cuando habla delante de Gabriel. El único énfasis lo dedica al centro Humboldt en las islas Canarias: «un lugar de ambiente donde no van ni travestis ni transexuales ni gays muy afeminados; por supuesto, tampoco lesbianas. Son cuatro pisos dispuestos alrededor de un parque que tiene un lumínico con el emblema del centro: un dinosaurio. Los pisos están repletos de discotecas, bares, cines porno, saunas, cuartos oscuros… Es inmenso, cinco o seis veces La Manzana de Gómez».

Ella no abrirá la boca para admirarse. Gabriel se mantiene mudo. Ella se tomará demasiado en serio su papel de anfitriona y querrá introducirlo en el diálogo:

—¿Y tú, Gabriel, extrañaste mucho a Héctor?

«Estúpida interrogante», anotará ella. Gabriel lo extraña mucho, ha vivido extrañándolo desde el principio de la relación, como si todo el tiempo Héctor hubiera estado muy lejos. Pero esa clase de distancia no es posible tocarla, empieza por respirarse: es como un aire denso que se le va acumulando a Gabriel hasta impedirle la respiración; se queda ciego, sordo, pierde la capacidad de sentir la distancia. Se enajena. Vivir es saber cuán distantes están los otros de uno. El viaje del que ama otorga a Gabriel el privilegio de esa lucidez. Qué alivio saber que un océano real lo separa de Héctor y no la insondable asfixia cotidiana.

—Muchísimo.

Ana se mostrará inquieta y dispersa. Terminará declarándose incapaz de continuar atendiéndolos. Utilizará como pretexto a la musa. Antes de despedirse, Héctor saca de la mochila un estuche con tubos de óleo. Ana casi se desmayará de felicidad por el regalo, tan oportuno. Besará al amigo mil quinientas veces en las mejillas y la boca. Ya al final, cuando la pareja está en la calle, Ana elogiará a Gabriel desde el umbral:

—Sigues bello.

La frase, en realidad, irá dirigida a Héctor, sólo él la disfruta. Abraza fuerte a Gabriel por los hombros, como diciendo: «Eres bello, me perteneces». En alta voz inquiere:

—¿De verdad me extrañaste muchísimo?

El silencio. La manera más absoluta de despojarnos de toda propiedad.

—¿De verdad?

La insistencia. El intento de exorcizar el silencio, la fisura por donde intuimos que el otro se nos va escapando.

—Casi me muero.

Héctor lo besa en la boca. Manifiesta deseos de hacer el amor.

Hacer el amor. Hacer el amor es encuerarse y pedirle al maestro, *por favor maestro... alza mi culo hasta tu cintura / ...por favor maestro hazme decir por favor maestro jódeme ahora, por favor / ...por favor acaricia tu verga con blancas cremas / por favor maestro toca con la cabeza de tu pene mi arrugado agujero del ser / por favor maestro vete metiéndomela suavemente... / por favor maestro métemela un poquito, un poquito, un poquito, / por favor maestro húndeme tu enorme cosa en el trasero / y por favor maestro hazme retorcer mi trasero para devorar el tronco de tu pene / por favor maestro, por favor jódeme de nuevo con tu ser, por favor jódeme. Por favor / Maestro empuja hasta que me duela la blandura hasta la / Blandura por favor maestro haz el amor a mi culo... y jódeme de verdad como a una chica / ... / Por favor maestro hazme gemir sobre la mesa / Hazme gemir O por favor maestro jódeme así / ...Por favor maestro llámame perro, bestia anal, culo húmedo / y jódeme con más violencia... / y lánzate dentro de mí en un brutal latigazo final... / y vibra durante cinco segundos para eyacular tu calor de semen / una y otra vez, metiéndomela a golpes mientras yo grito tu nombre Cómo te amo / por favor Maestro.*

Héctor lee en España un largo poema de Allen Ginsberg; se reconoce en algunos versos, los copia, los recuerda como si en realidad los fragmentos constituyeran todo el poema. Pero no se los trae a Gabriel. En Angola, su jefe, también su amante, lo ha poseído así, brutal, sobre el escritorio donde Héctor ha mecanografiado tantos informes de la compañía. Los empujones han fracturado el cristal y herido un muslo de Héctor. Pero Gabriel no debe leer tales cosas, no debe saber nada del capitán, ese maestro. La primera vez que Héctor y Gabriel se acuestan, Gabriel se interesa por la cicatriz. «Me caí cuando niño sobre una botella rota». La primera vez que Gabriel se acuesta con un hombre el hombre tiene una cicatriz; Gabriel pregunta por ella y lo engañan.

Hacer el amor es para Gabriel que Héctor se le encime, lo bese, lo toque, lo lama, lo siga besando, lo toque más, lo succione, lo bese, lo bese, ay, y lo masturbe. Gabriel es el espejo de Héctor. Hacer el amor es para Gabriel vivir la experiencia de esa simetría. ¿Cuántas veces ha querido romper esa imagen, esos reflejos? Sería deshacer el amor.

Debe haber algo que diferencie el erotismo homosexual, explica Héctor sin que Gabriel nunca haya preguntado. El reino de Gabriel es el silencio. La superioridad de los homosexuales sobre los heterosexuales radica en que los primeros pueden prescindir de la penetración, cifrar la entrega en la ternura, la espiritualidad, sigue argumentando Héctor. El reino de Héctor es la insistencia.

Héctor es artesano. Tiene treinta y dos años. Gabriel estudia filosofía en la universidad. Tiene veinte. Esta noche hacen el amor. ¿Qué es hacer el amor?

«Hacer el amor con un hombre que no piense que hace el amor, me inspira» –escribirá Ana en su diario. Después de irse Héctor y Gabriel, Jorge regresó. Ella lo abrazará, le pedirá disculpas por la demora de la visita, no habrá podido acortarla más. Le enseñará el regalo, acariciará su verga, lo despojará de la ropa y le pedirá tenderse sobre el sofá, quieto.

Ana tendrá un lienzo ya preparado. Lo embadurnará con timidez. Querrá aprehender la fuerza devastadora de su mirada sobre el cuerpo de Jorge, no detallar los rasgos de los ojos que la producirán. «El dibujo carece de fuerza, no me sirve. No puede haber retrato, ni rostro, ni nada definible. La fuerza carece de forma», ¿escribirá?, sabiendo que la idea no será original ni completamente verdadera. Eso no importará; ella será una puta, no pintora. Podrá permitirse cualquier desfachatez, cualquier locura: lanzar brochazos eufóricos sobre la tela pasivísima.

Jorge se durmió sin emitir comentario. Dormido así será más profanable. Ella gozará esa indefensión, lo escrutará hasta la fiebre. Los ojos enrojecidos. El llanto otra vez. Pero se le ocurrirá que habrá de ser más excitante hacerlo reposar en una habitación que habrá de tener una ranura, a través de la cual habrá podido observarlo sin que posara para ella. Ana precisará la existencia de un límite, una barrera; sólo saber que ese cuerpo no le pertenecerá la impulsará a su conquista. Necesitará el susto de la prohibición, el placer del hurto. «Héctor siempre me dice que yo soy un maricón con tetas. Creo que es cierto». No podrá pintar más, tapará a Jorge con una sábana. ¿Será una mujer posterior a las revoluciones sexuales? ¿Qué deberá ser una mujer después de las revoluciones sexuales? Esos pensamientos la contaminarán, fugaces, pero no los escribirá. No los habrá pensado siquiera. «Detesto las contradicciones» —será la frase que más repetirá en el diario y nunca la explicará.

–¿Me fuiste infiel? –Héctor persiste en la misma pregunta y aprovecha ahora para quitarle la sábana a Gabriel y obligarlo a mostrar la belleza de su desnudez. Pudoroso, Gabriel vuelve a cubrirse. Al fin decide quebrar el silencio:

–Nunca.

–No sé si creerte –y lo destapa de nuevo, lascivo.

¿Qué es la creencia?: lo que no existe. Lo que existe es la necesidad de la creencia (Manuscrito de Gabriel: *Apuntes filosóficos*, página 34).

–Deseo hacer el amor otra vez –insiste Héctor, reaccionando al mutismo de Gabriel.

Ninguno de los dos desea al otro. ¿Qué es el deseo? Una creencia. Algo que no existe. Lo que existe es la necesidad del deseo (ídem, página 78).

Gabriel no responde, se entrega, busca el deseo.

3.

Ana contará a Héctor cada detalle de su relación con Jorge y la necesidad de encontrar un lugar idóneo para observarlo a hurtadillas. A cambio, Héctor narra las aventuras suyas con los hombres españoles, debidamente calladas en la última visita.

Ana adorará a ese Héctor confesional y exaltado que se devela cuando está solo. Sin embargo, le preguntará por el otro. Ana no entenderá cómo un muchacho tan bello puede vivir enclaustrado como si fuera una mujer del siglo XIX. Héctor replica, argumenta que Gabriel sale para lo imprescindible: la universidad. Ni a las bibliotecas tiene que ir porque él le ha traído los libros de España. La calle está muy mala, Ana; a Gabriel no le falta nada. Héctor se lo da todo: dinero, ropa, comida...

Ana estará tentada a recriminar el egoísmo del amigo, pero la contendrá la sensatez.

Héctor comenta que los dos cuartos pequeños de su casa que acostumbra alquilar, están desocupados ahora; son contiguos y es posible agenciarse el espionaje. Ella aclarará que no tendrá dinero, él se los ofrece gratuitamente hasta que el cuadro esté listo. Ana dudará de tanta bondad, pensará que Jorge pudo sentirse mal en la casa de unos gays, a ella también le molestará esa proximidad. ¿Valdrá la pena poner en peligro su relación con Toulouse-Lautrec por aquella idea?

Ana aceptará e inventará una causa distinta para explicar el cambio a Jorge. Él le creyó.

Gabriel no comprende el altruismo repentino de Héctor, tan reacio a compartir su espacio incluso con amigos a quienes la ayuda les apremia más. Pero calla, recibe a los refugiados con la cara bella e inexpresiva de siempre. No soporta la chabacanería del chofer, no entiende la mezcla entre pintura y jerga solariega, pero calla. Su silencio es total.

Ana alabará el minucioso trabajo de marquetería que la separará de Jorge. Él se sorprendió al encontrar aquel cuarto inmenso dividido en dos, y cuando quedaron solos manifestó su aturdimiento. ¿No vinieron aquí a estar juntos, Ana? Sí, pero cuando él hubo muerto por el cansancio de tanto fornicar, ella quedará sola y pintará, sobreponiéndose a la destrucción física. Él lo acató todo, aún sin comprender. Él no tenía que comprender.

Por minúsculos resquicios que habrá entre las figuras geométricas que compondrán la pared, Ana escrutará el cuerpo de Jorge.

Ella le pedirá dormir desnudo. Él no indagó razones, bastó el masaje casi etéreo que ella propinará en sus genitales para intuir la pertinencia de obedecerla. Únicamente después, cuando estuvo solo, empezó a extrañarse. Miraba el techo, las imágenes formadas en la madera, la lámpara. ¿Qué hacía él allí? Había algo incomprensible en todo aquello; nunca antes se tropezó con una mujer así, tan rara.

Cuando la palabra *rara* apareció en la mente de Jorge, Ana inundará el lienzo de un ocre intenso que irá transfigurando las pequeñísimas manchas amarillas del primer día. Avanzará, frenética. Destapará otro tubo de óleo: verde. Dudará. Sentirá que *algo* la observará lascivamente desde el cuadro en ciernes. Querrá liberarse de la ropa, impúdica, conminada por esa fuerza. ¿Será su propia mirada que habrá comenzado a revelarse? ¿Existirá su mirada más allá de ella realmente?

Cuando la palabra *rara* apareció en la mente de Jorge, se incorporó, palpó las decenas de triángulos, óvalos y pirámides que se interpondrán entre la rareza y él. Casi por instinto pegó las pestañas al barniz. Buscó. Vio a la pintora en cueros, de espaldas, encabritada sobre un trípode, balanceándose como una esquizofrénica en crisis, derrochando óleo a diestra y siniestra. Se creyó repentinamente descubierto, tuvo miedo y se alejó un instante del resquicio. Pero la atracción fue mayor.

No será el cuerpo delgado de Ana quien lo seducirá, sino un efluvio cálido e indescifrable. Empezó a masturbarse mirando a Ana porque será lo único concreto que se le ofrecía. Sintió que también él estaba convirtiéndose en un hombre raro. Imaginaba otros cuerpos y los iba superponiendo sobre el de Ana. Ninguno lo motivaba. La causa de su enardecimiento era *otra*.

Ana estará hierática, inclinada hacia delante, el clítoris rozando el cuerpo del trípode. No sabrá qué la irá excitando hasta obligarla a aferrarse con los dedos al asiento. ¿Querrá hacer el amor con

Jorge? ¿Querrá hacer el amor? Tendrá que buscar a Toulouse-Lautrec para saberlo. Tendrá que buscar a alguien.

Ana se levantará e irá lenta, tiesa y contraída.

Jorge se tendió nuevamente, los ojos abiertos y la verga dura, fracturable.

Ella no lo mirará.

Él tampoco la miró.

Ella sentirá ese temblor repetido.

Él se derramó como pinceladas epilépticas.

Ella y él, por vez primera irreconocibles, ajenos.

Héctor no puede conciliar el sueño, suda, enciende la luz del escritorio, deambula por el cuarto. Gabriel vigila con los ojos semicerrados, la sábana tensa, atrapada por los talones y los dedos de las manos. Héctor sale del cuarto, camina por el pasillo, se detiene ante la puerta de la otra habitación. Se enardece. Piensa en Gabriel pero en verdad no piensa en Gabriel. Se enardece. No puede salir para la calle, caminar, buscar en la oscuridad. Piensa en Gabriel, se lo dice muchas veces para creerlo. Retrocede, abre la puerta, se le aproxima con furia, le arrebata la sábana, le baja el calzoncillo, intenta succionarlo. Gabriel está yerto, aterrorizado. Los ojos se le han hecho dos globos enormes, el pene es una arruga gruesa inatrapable. Héctor se le sienta encima, frota su ano contra la arruga, que va dejando de existir. Se estruja contra lo que ya no existe. Procura los labios de Gabriel, que apenas se entreabren. Los lame, la lengua toda afuera. Gabriel tirita. El aire acondicionado está muy frío. Gabriel no habla, Héctor recobra la lucidez, se desmonta, quita el aire, apaga la luz, se tiende, Gabriel se cubre. Héctor dice que tuvo una pesadilla.

Ana se separará del cuerpo anónimo que la atravesó y paseará intensa e inacabada por la habitación. Sentirá como si *algo* la conminara hasta el frenesí y el agotamiento. Si no lograra controlar *eso*, terminará golpeándose, lacerándose el cuerpo. Sin embargo, no podrá nada. Moverá los objetos que encontrará a su paso, los apretará hasta que amenacen romperse. Los impulsos la harán llegar delante del cuadro; la idea de destruirlo la compulsará a contraer los dedos. «Es una mueca, una mueca de las manos», pensará. No, no deberá descargar *aquello* contra su propia obra. Tratará de preservar el cuadro colocándolo de frente a la pared.

Habrá un alivio paulatino, y después una quietud adormecedora. Ana reconocerá a Jorge, lo abrazará. Él la besó, apacible, como quien hubiera rozado un recuerdo.

4.

A la mañana siguiente, cuando Ana voltee el cuadro para seguir pintando, volverá a experimentar el mismo desasosiego. Sin explicaciones plausibles que atribuirle, terminará aceptando la única en la cual nunca habrá creído hasta entonces: la genialidad. Una sensación tan extraña como *aquella* sólo habrá podido provenir de una conexión espiritual profundísima y esencial de la artista con su obra y de ambos con los misteriosos ritmos cósmicos.

«Durante esos días no me sentí puta sino pintora; toda la energía sexual la descargué en el lienzo. Fue tanta la entrega que olvidé a Toulouse-Lautrec. Era simplemente Jorge. Ya ni era» –podrá escribir.

Jorge también se despertó con apetencias descomunales, que lejos de provocarle inquietud, asumió ufano, como naturales suyas. Aquella desmesura ratificaba su virilidad.

Héctor abre los ojos. Ha tenido un sueño fabuloso con el capitán, un sueño que no sabe si es recuerdo, premonición o una fantasía. Lo que sea, es bueno: no quiere desprenderse de semejante asidero.

Gabriel permanece estirado desde anoche, sufre de un encogimiento que no logra articularse físicamente. El mínimo roce lo convertiría en un ovillo.

Jorge caminó desnudo hasta Ana, eterna sobre el trípode. Puso la verga erecta sobre su espalda, la acomodó a lo largo de las vértebras, luego pegó todo el cuerpo y pudo abrazarla por detrás. Con las manos atrapó sus senos. Ella se erizará. Sin embargo, no dejará de maniobrar con el pincel para besar a Jorge. No hablará. No lo mirará. Él le respiró el fogaje de su aliento en el oído de ella. Ana estará todo el tiempo enhebrada por espasmos, pisando la insistencia de un borde. Él se exacerbaba más. Ella hará un levísimo ademán para separarse. Sin comprenderla, él acató la distancia súbita.

Retrocedió tambaleante y enseguida volvió a acercarse, tratando de situarse entre el cuadro y ella, pero el brazo de Ana lo impedirá. Con su mano gruesa Jorge inmovilizó aquel brazo. Ella reaccionará al fin, sabrá que él estaba ahí, que la destrucción estuvo a unos centímetros de su boca. Cerrará los ojos, molesta, y los abrirá, violenta casi, cuando sienta esa enorme cosa latiendo en sus labios. Con los pies impulsará el resto del cuerpo hacia atrás y el trípode caerá. Él la sujetó más fuerte aún por el brazo y la obligó a erguirse. Los dedos de Ana habrán dejado libre el pincel, que imprimirá una mancha azul sobre el piso.

Ella discutirá, hablará del respeto mutuo, de la necesidad artística, del ultraje. Él le reprochó frialdad. Ella repetirá los mismos argumentos. Él desistió, alarmado por aquella verborrea inusual en Ana, y la soltó.

Ana alzará el trípode, lo colocará en su sitio y volverá a sentarse. Tardará unos minutos para recuperarse del temblor que le inutilizará la mano. Jorge salió del cuarto y bajó las escaleras, furibundo. Héctor baja también, alucinado.

A través de los cristales de la sala, Jorge, sentado, trataba de diluirse en la inasible rectitud del horizonte. La vista y la mente anhelaban una fijeza que fuera blancura, despojo, nulidad. Imposible.

De pie, Héctor observa las líneas múltiples del cuerpo de Jorge. Sinuosas, nítidas, alcanzables. Héctor pondera la nube magnífica que emergía de la cintura de Jorge y le impide concentrarse en la integridad del paisaje.

Jorge no existió más. Sólo hay esa nube, sin horizonte, sin espacio real o imaginario para apoyarse o flotar. Sólo hay ese impulso, esa fe, esas rodillas sobre el piso, esa boca famélica que se va tragando la nube, esa lengua como un relámpago, esa lluvia, acidez triunfal hasta el estómago.

La blancura. El despojo. La nulidad. Jorge apostaba, obstinado, a la línea del horizonte, que poco a poco fue tornándose borrosa y absurda; luego se aferraba a los cristales, demasiado limpios para negarle la imagen de Héctor arrodillado y omnímodo; luego apretaba los párpados; luego no supo.

«Excesivamente abstracto» –evaluará Ana su cuadro en un instante de desapego. ¿Aquellas manchas sin concierto, aquellos colores vivos degradados por antojo hasta una palidez mortecina traducirán su mirada? El temor de haberse equivocado la obligará a continuar, porque sólo en su mano, en el avance de su mano, hallaría la respuesta.

La perseverancia es miedo. Toda pregunta repetida, toda búsqueda obsesiva, están guiadas por la misma timidez esencial. No somos osados cuando interrogamos. Inquirir algo es quedarse atrapado en la propia duda; todo movimiento creado por ella es falso, encubre una inercia a la que somos incapaces de sobreponernos nunca. ¿Y qué es la vida: un acto afirmativo y arbitrario o una interrogante paralizadora? (ídem, página 99).

Gabriel se atreve a incorporarse en la cama. Cruza las piernas hasta hacer que los pies toquen los glúteos. La sábana es un chal muy íntimo que cae con blandura sobre sus hombros fornidos. Gabriel es libre. *Sabe* todo esto: Héctor y Jorge han bajado, Ana pinta, nadie husmeará en la belleza de él: Gabriel goza de un olvido absoluto. No existe. Quisiera correr por el cuarto, danzar, tararear una canción tal vez infantil. Ha leído o alguien le ha dicho que la libertad es el regocijo efímero que sobreviene con el olvido. La palabra efímero lo detiene, ¿o han sido más bien los deseos quienes se han escurrido de pronto y lo han hecho pensar en la palabra?

Flexiona el tronco, alcanza con la mano la gaveta adosada a la cama, hurga dentro de ella y encuentra el tarot, la espiga de incienso y la fosforera. Gabriel *sabe* que abajo, después de succionar a Jorge, Héctor se ha parado y empieza a masturbarse frente a él. El chofer se sorprendió por la grandiosidad de aquel pene. Descomunal y robusto. Terso y uniforme. Imperioso. Altanero. Gabriel *sabe* que Héctor no pretende posar para el otro, incluso la sospecha de que ese oteo hondo a sus genitales sea un reproche, una blasfemia o una culpa recóndita, lo induce a voltearse. Sus nalgas son rotundas.

Gabriel *sabe* que a través de los cristales Héctor fija los ojos en el cuerpo exquisitamente lánguido de Jorge sobre el sofá, como si fuera un horizonte que una vez pudo hacerse táctil en un sueño y ahora es sólo eso: memoria, tristeza, capitán moribundo, horizonte mayúsculo hasta la ceguera.

Pero Gabriel *sabe* que Jorge arrasó con los paisajes. Tormenta. Impetuoso avanzó, enhiesto para siempre, dispuesto a desdibujarlo todo. Y *sabe* también que Héctor, cortés y valiente, se dobla hacia delante en una reverencia secular, y con las dos manos separa las nalgas una de otra y está a punto de llamarle Maestro a Jorge.

«Demasiado académico» –valorará Ana. Gabriel *sabe* que ella, al contrario de sus propias intenciones, habrá contorneado una nube casi perfecta en el lienzo. «¡Y pensar que lo he entregado y arriesgado todo por una imagen que al final no era mi mirada!». Pero Gabriel *sabe* que ese no es el final; Ana insistirá, se empeñará en borrar o perpetuar la imagen después de preguntarse si en realidad su mirada no sería esa nube y no poder responderse.

El final es siempre un acto afirmativo y arbitrario. Enemigo acérrimo de las interrogantes (ídem, página 112).

Gabriel *sabe* que Jorge se la fue metiendo suavemente a Héctor, un poquito, un poquito, un poquito, y terminó hundiéndosela por completo en el trasero. Sin cremas blancas, sin mesa, sin que mediara una súplica o una indicación; sin que Jorge lo nombrara perro, bestia anal, culo húmedo. ¿Qué es hacer el amor? ¿Qué debe ser? ¿Qué puede?

Gabriel *sabe* que Jorge puso su mano sobre la de Héctor cuando Héctor comienza a frotarse el pene. Jorge movía la cintura y la empujaba, agresivo, contra la nube; la traspasaba, la convertía en una película transparente –un cristal en medio de la sala– cuya delgadez le permitía tocar la mano convulsa de Héctor, que dibujaba un horizonte del otro lado.

Gabriel *sabe* que la violencia de los brochazos rápidos y opresivos de Toulouse-Lautrec arremetió después contra la mano, para eliminarla del paisaje y consumar la creación del horizonte –recto, blanco, posible– con la suya sola, la única mano: –lo peor.

«Poético. Muy poético. Falso» –juzgará Ana. A distancia del cuadro apreciará la nube, que permanecerá allí, protuberante, inmovible como un reto, tal vez como una verdad; maltrecha por las pinceladas, hendida, goteante de sí misma, casi una pérdida total, pero jamás una pérdida: siempre allí.

«Primitivo. Común. Cursi» –Ana prolongará su tormento.

Gabriel *sabe* que Jorge no se arrepentía de nada, ni siquiera meditaba sobre lo sucedido; antes bien se dedicaba a imaginar con placer y morbo infinitos lo que hubo de acontecer entre Héctor y él más tarde, enseguida, porque la intensidad de Jorge era mucha y no admitía espera. Declaró:

—Si yo tuviera una pinga como la tuya, sería el hombre más feliz de Cuba. Tendría miles de mujeres. Es una lástima.

Gabriel *sabe* que a Héctor le parece abominable la envidia de Jorge. *Sabe* que Héctor ha cobijado a la pareja para seducir al chofer de una manera preconcebida e inalterable: inaugurándolo Maestro, invistiéndolo Capitán, como quien otorga y deposita sobre la cabeza, el cuerpo o la frente de algún elegido, una corona de laurel, una toga o una diadema. (¿Desde cuándo Gabriel *sabe* esto?) Y Héctor no le perdona a Jorge las atribuciones suyas para modificar y destruir los mejores y más importantes actos del rito. Gabriel lo *sabe*: la espontaneidad de Jorge, su ausencia de culpa y su deslumbramiento compulsivo con el pene de Héctor, son crímenes.

La fantasía es el reverso de la libertad, su antagonista irreconciliable. La fantasía es dogmática y autoritaria; no admite réplicas ni exenciones. Por su renuncia a las interrogantes tiene las apariencias de un final, de algo que se cierra. Pero es un fin siempre, algo que debe y procura abrirse. De ahí su paradoja y su patetismo (ídem, página 127).

Héctor aclara —frase célebre si Ana la incluyera en el diario que no existirá:

—Y si yo tuviera la tuya sería el gay más feliz del mundo. Sólo te tendría a ti. Sería un orgullo, pero sigue siendo una lástima.

Gabriel *sabe* que Jorge no pronunció otra palabra. Era más sencillo abalanzarse contra Héctor y poseerlo, una y mil veces. Ahora, cuando Jorge emprendía la enésima, Héctor, tendido de espaldas encima de la mesa de granito, siente necesidad de suspenderlo todo, virarse –inventando un cristal debajo suyo– y proponerle al chofer: «Te pago lo que pidas, hasta el mismísimo horizonte. Sé Maestro. Sé Capitán. Yo seré Perro. Bestia Anal. Culo Húmedo. Muslo Roto».

Pero la gratuidad, las evidencias palmarias que han resultado de ella, seguirían lacerando a Héctor. Después de los develamientos de la entrega, el pago es imposible, mucho más si Jorge le regalaba un beso profundísimo entonces, el primero: atroz, prohibido, definitorio. Aquel beso destruía todo.

Gabriel *sabe* que Héctor se adentra en la destrucción, estoico y rebelde a un tiempo, como si la novedad de la saliva, de los ojos que desaparecen y resurgen y se pierden, del jadeo pausado hasta la inexistencia, de la caricia cada vez más caricia y melancolía, fueran una espesura de la que hay que cuidarse, no obstante ser inútil toda prevención, porque la espesura es eso: la realidad, el zarpazo, la muerte.

Vivir la fantasía es arriesgarse a convocar el vacío: cerrar y abrir una puerta al unísono. La locura. Habría que ser la puerta, no la mano. Habría que no ser (ídem, página 141).

Gabriel *sabe* que no ha escrito nada original; no porque haya leído o escuchado palabras semejantes a las suyas, sino porque son tan obvias que remedan el eco de una voz desconocida y sin embargo familiar, de una presencia inobjetable. Eso no lo postra ni lo angustia. *Sabe* que es un joven bello, no un filósofo. Su manuscrito no existe, sólo su juventud y belleza. ¿Puede haber algo más?

Sabe que también ese gesto, las tres cartas entresacadas al azar y dispuestas sobre la cama, la lectura tan personal que hace de ellas mientras el incienso arde, son redundantes, prescindibles. La Emperatriz y La Torre y en medio El Diablo. Arte, nihilismo, tentación. Trampa, deseo, descendimiento. Saber oscuro, peligro, dolor. Sin matices ni fraseos curvos: tajante, collar de escasas pero pesadísimas perlas que nos fuerza a doblar la nuca y caer prosternados sobre el suelo: cadena áurea.

Ana pinta un cuadro perturbador, y bajo su influjo misterioso, la paz y el orden se desmoronan. En el centro está El Diablo. Gabriel *sabe* que alguien ha escrito esta historia, que todo es una repetición confusa, casi etílica, de esa otra historia: el retrato de un viejo cuyos ojos fueron trazados con tal excelencia que no parecían una copia, miraban humanamente desde el lienzo y arruinaban su armonía. El viejo era El Diablo. El retrato anduvo de mano en mano, sembrando sensaciones angustiosas y sórdidas en quienes lo poseían, y al final alguien lo robó en una subasta.

«Genial. Era una obra maestra. Haberla perdido fue dejar de ser pintora, no existir. Desde entonces fui una puta más, confundible» –afirmará Ana meses antes de morir en un diario que no aparecerá nunca.

«Genial. Es una obra maestra. Soy una pintora» –pensará Ana frente a la nube diseminada, aquel remolino grisáceo e informe, jaspeado con delgadísimas vetas negruzcas y toscas salpicaduras de colores varios. Repetirá –salmo, estribillo– que es genial. Tres, cinco, veinte veces. Se masturbará balbuceándolo y ronca se dormirá.

Gabriel *sabe* que él, con el chal sobre los hombros, entra en el cuarto donde Ana yacerá. Encima del trípode la pintora habrá dejado la paleta y los pinceles. El joven, bello como nunca, empuña uno al revés y mientras perfora el lienzo rítmicamente con el arma improvisada, siente el óleo húmedo de las cerdas hociqueándole la palma de la mano. Su respiración le dicta la frecuencia de las acometidas. Gabriel lo *sabe*: la sábana resbala y cae sobre el piso manchado. No la recoge hasta que la mirada se halle extinta, hasta que Héctor y Jorge se queden paralizados, uno de bruces contra la mesa de granito; el otro, Maestro sólo unos segundos, de pechos contra la espalda de Héctor.

Gabriel *sabe* que Jorge, extraño y asustado, se separó de Héctor y subió las escaleras hincando el cemento con una rapidez que Héctor escucha como si fueran puñetazos, puertas, finales.

Gabriel *sabe* que pasa un largo rato antes de que Héctor se decida a subir también. Roza los escalones cansadamente; el sudor de los pies descalzos marca la trayectoria de esa lentitud.

Gabriel *sabe* que se lava la mano embadurnada de pintura y luego hunde la sábana en un cubo con agua y detergente para hacerla reposar hasta que Héctor y él queden solos.

Al amanecer Ana despertará sobresaltada ante los ripios de tela y el bastidor vacío y se arrojará sobre Jorge zarandeándolo por los hombros e increpándole con gritos histéricos el haberse dejado llevar por impulsos tan bajos, el haberla traicionado así, de manera tan alevosa. Jorge supuso que Ana había descubierto la locura suya con Héctor. No valía la pena refutar nada, ni siquiera justificarlo; era preferible abandonar todo, vestirse sin mirarla y salir sin despedirse de nadie.

Gabriel *sabe* que Héctor consuela a la amiga sollozante, la ayuda a juntar sus pertenencias en una mochila, la acompaña a la puerta de la sala y casi la empuja dentro del ascensor. Hoja metálica. Imagen cercenada. Adiós inexpresivo.

Gabriel *sabe* que Héctor regresa, y que otro hombre, sin rostro ni señas, anónimo, busca a Gabriel en alguna parte, y se detiene ahora, sobrecogido por la ausencia temeraria del joven. Ese hombre lo desea. No hay un silencio que los inmunice y los haga saludables y falsos. Sólo la noche, las palabras trémulas y vehementes de Gabriel, incoercibles como los silabeos de un niño; sólo ese beso realmente cálido después de las palabras, sólo sus cuerpos desnudos, ingrávidos, casi irreales. Sólo el deseo, simple y atávico. Ese hombre es lo único que existe.

¿Quién es el otro que viene ahora hacia Gabriel? Él lo *sabe*, es Héctor, llega y se sienta en el borde de la cama, mira a Gabriel acostado y llora mudo frente a él. Luego se tiende al lado suyo y lo aprieta y sigue sin hablar nada. Atávico y simple como el deseo. Gabriel se deja abrazar, *sabe* que el hombre desconocido empieza a moverse, se va alejando mientras él se deja abrazar, y termina esfumándose en alguna esquina. Sólo existen ellos dos, Héctor y Gabriel. Ana jamás se encontrará con Jorge; Jorge nunca se encontró con Héctor. Todo es obra del Diablo. Gabriel lo *sabe*, se levanta y va al baño, sumerge sus manos en el cubo y restriega la sábana con devoción.

5.

Ella se llama Ana. Es pintora.
Él se llama Jorge. Es propietario de un Chevrolet 57 y chofer.
Ellos se llaman Gabriel y Héctor. El primero es bello. El segundo posee al primero.

Tormenta en el paraíso (paisaje)

En algún momento, con el dinero de la estafa en las manos, Rey entrevió la posibilidad de comprarse una covacha, cuatro paredes que le pertenecieran. Pero indagar, ocupar la mente en un asunto de dilatada, ardua resolución, iba en contra de su espíritu y la idea abortó sin apenas concebirla.

Así pues, se halla a la intemperie, bajo un cielo encapotado, a su disposición todos los parques de la isla, las terminales de ómnibus y de trenes, infinidad de estancias, heredades, caminos. Sus pies. Tiene sus pies y los confortables zapatos. La bendita voz.

Canta sentado al borde de la autopista y algunos hacen coro. Los demás preguntan la hora, presagian la tormenta, hablan de un Kamaz que pasa a diario y recoge a cuantos haya. A Rey no le importan esas nimiedades: impiden paladear el ron, atender a los chistes del tartamudo que anda con la caja de polluelos recién nacidos, los patéticos lamentos de la albina sobre lo mala que está la cosa por Oriente.

Lo que le produce auténtico placer en un viaje no es su término sino dejarse conducir por lo imprevisto. De manera que es completamente casual el hecho de que varias horas después Rey se halle en casa de Franco. Bajo un torrencial aguacero, encima de un tráiler lleno de carbón, ha venido a parar al pueblo, y es obvio que piense en el barrendero espiritista que hace meses le había dado asilo.

Aunque el viejo suele acostarse al oscurecer de dios, esta noche permanece en vela, intentando impedir con toda suerte de vasijas que las goteras arruinen el pulido, como bituminado piso de tierra.

Encueros bajo el chorro que por la canal de cinc se precipita, Rey estrega su piel tiznada; Franco le alcanza una astilla de jabón y coloca sobre el respaldo de un taburete la minúscula toalla, sin felpa casi. Se queda parado en el umbral.

–¿Me estás viviendo las carnes? –jaranea el mancebo, entreverados el júbilo y la picardía.

Gira el viejo bruscamente sobre sí y se adentra en la penumbra de la habitación contigua. Vuelve con unos chores y un par de chancletas que deposita, circunspecto, junto a la toalla. Luego se sienta a la mesa, abre el nailon de las gavillas y se pone a torcer un puro. De vez en cuando suspende la labor, otea las vigas podridas de la techumbre, trata de leer algún signo en el agua de los vasos que en grupo de a tres, de a cinco, de a siete, sostienen pequeñas tablas adosadas a la pared.

El huésped se escurre parsimonioso al pie del taburete; de soslayo, en atisbos a la luz de la chismosa, el anfitrión entrevé la donosura y majestad de sus formas.

–No me importa que usted mirara –declara el joven.

–Bueno, está bien, te miré… –pero no alza los ojos.

–Menos mal, ya me estaba dando miedo…

–¿Miedo por qué? –ahora sí ladea la cabeza, arrostra la mirada de Rey, que ha comenzado a frotarse con la felpa.

–Pensaba que un tipo tan sano tendría que ser un espíritu, un fantasma…

–Tranquilo, muchacho; soy real, de este mundo –venciendo el pudor cede abiertamente al espectáculo de la carne; es casi retadora su expresión.

Sin asomo de pena o premura, Rey termina de secarse. Los chores, de un negro desvaído, huelgan en su cintura; pero no impiden que vaya rumbo a la mesa con la gallardía de un soberano en pos del trono. En absoluto mutismo detalla la destreza del viejo en las maniobras del torcido, su corpulencia, las escasas arrugas en torno a los ojos rasgados.

—En su tiempo usted tiene que hacer sido un tipo fácil, bien parecido...

—Fui el terror de las mujeres casadas. Algunas todavía me piden la cabeza —risueño ofrece el tabaco y reemprende la faena—. En mal lugar viniste a cobijarte —añade, estimulado por el conato de diálogo—. Aquí llueve más adentro que afuera.

—Al menos me quité el tizne.

El barrendero apenas lo conoce; le inspira, sin embargo, una vivísima sensación de familiaridad. No se explica cómo soporta el desarraigo, la incertidumbre de la trashumancia; piensa que podría ser su nieto, su hijo.

—¿Y tu papá?

—Pregúntele a sus vasos... —recostado a la pared de madera contempla las espirales de humo.

—Están turbios y yo estoy como ciego.

—Figúrese, después de vivirme las carnes...

Se echan a reír, desenfadados. Franco mira de pronto hacia el techo, como si un ruido le avisara de una viga pronta a quebrase, pero acalla su aprensión, tal vez un espejismo.

—Tengo un regalo para usted —dice Rey y se levanta, animado por la idea que acaba de ocurrírsele. Va hasta el dormitorio, donde guarda la mochila. Casi en el fondo está lo que busca. Desdobla el fajo de billetes y sin contar selecciona unos cuantos. Inclinándose por detrás le abre la mano callosa y se la cierra con el bulto dentro. Después lo abraza.

—¿De verdad quieres que siga siendo real, de este mundo? —inquiere Franco sin atreverse a movimiento alguno: sobre su pecho cuelgan los brazos del joven; contra su nuca percibe los surcos del abdomen, la piel húmeda aún.

Rey no responde; apenas mueve los dedos sobre la camisa de Franco. Al viejo le parece que sonríe. Acomoda, pues, el regalo bajo el envoltorio de las gavillas y da las últimas vueltas al tabaco.

La lluvia arrecia de golpe; se advierte el fragor de las goteras en el dormitorio. Son muchas, Franco no se explica cómo han podido aparecer tantas. Alarmado se separa de Rey, le pide ayuda para desplazar la cama. Al darse cuenta de que no hay espacio a resguardo, busca encima del escaparate sin puertas el atajo de sacas de nailon.

Las extienden unas junto a otras hasta que toda la superficie de la colchoneta queda protegida. Hacen lo mismo con el escaparate, al que van a parar las gavillas, el dinero, la mochila de Rey.

El aguacero cobra intensidad; la esquina de la tinaja, en la primera habitación, es casi el único sitio adonde el diluvio no llega. Caminan a un lado y a otro, evadiendo inútilmente el forzoso baño. A Rey le entran ganas de salir, desnudo. Pero la angustia de Franco, que vuelve los ojos hacia arriba a cada segundo, lo retiene.

—En serio, muchacho, cuéntame de tu papá —pide el viejo, tratando de distraer su pánico.

—Vendió la casa para estar borracho hasta el día del juicio. Lo supe cuando llegué y mi llave no entraba...

El temor de que la casucha se desplome lo embarga por entero, le impide entender lo que vagamente ha oído. Mucho más porque un viento fuerte principia a azotar y ya ni siquiera se escucha el concierto de los goterones. Todo es tejas que vuelan, tablas que se parten, gajos que impactan contra ventanas y puertas.

Justo a tiempo Rey empuja, hala al estupefacto barrendero. Echan a correr, casi abrazados, hasta el hueco de la ceiba, cien metros más allá. Caben apenas, hace frío, se acurrucan. El muchacho siente deseos de cantar, pero sabe que el viento engulliría también su voz.

Antes de empezar, por fin, el ascenso

1.

Después que Ida recibió la noticia, nunca más recobró la calma.

—¿Cómo van los papeles? —comenzaron, a diario, las preguntas de sus colegas de la casa de cultura.

—¿Con quién dejas a tu mamá? —querían saber la bodeguera, el sereno de la esquina, personas que tropezaba en la calle y a quienes el desconcierto le impedía reconocer.

—¿Y qué dice Nancy de tu viaje? —se atrevieron a averiguar en la peluquería.

La descubrían bajando de un camión que llegaba de Sancti Spíritus, y al día siguiente, subiendo al tren para La Habana; la veían entrar en casa de la seño Marielena —célebre por la fotocopiadora, el escáner y la impresora, traídos de Haití después del último terremoto célebre—, y salir, pasadas tres horas, con un sobre nuevo, grande, y muy abultado. Sabían de los recurrentes bisbiseos con la vecina que le cuidaba a su madre cuando Ida salía del pueblo…

Fueron quince días de fotos, vacunas contra enfermedades tropicales y planillas emborronadas y vueltas a llenar; dos semanas de procurar y estampar firmas, de rastreo por tiendas de ropa reciclada y tenderetes de peletería callejeros; horas y más horas pensando a quién y cómo, con qué cara pedir dinero para tanto detalle que debía alistar; días y más días de arreglarse las uñas y comprar ruedas, muchas ruedas de cigarro, y un maletín; semanas y días y horas urdiendo el engaño con que alentaría en el último momento a su madre cegata y pusilánime; una eternidad para imaginar cómo se despediría de Nancy.

Hasta que llegó la otra noticia.

—Ahora tienes más tiempo para ordenar las cosas que dejas en Cuba —opinaron las instructoras de su departamento, el de teatro.

—Mejor, Ida, así pasas unos días más con tu mamá —la confortaron en la carnicería y en el estadio, donde empezó a hacer aerobios para combatir el estrés por el vuelo prorrogado.

—¿Y qué dice Nancy de tu viaje? —volvieron a preguntarle, esta vez en casa de la manicura.

Nancy habló con el técnico de computación del policlínico donde trabajaba como optometrista, para que, *por favor, mi vida, tatico, mi chini* —un sinnúmero de vocativos e hipocorísticos, y un billetico—, solo una hora por las mañanas, adiestrara a su amiga en el uso del correo electrónico, el medio de comunicación más viable una vez que Ida llegara a suelo venezolano.

Aquellas lecciones intensivas la atemorizaban: nunca, con cuarenta años, se había sentado frente a una computadora, desconocía el teclado, no atinaba a dominar el *mouse* y el cursor se le perdía a cada momento. Para colmo, el maestro tenía serias deficiencias articulatorias, no se quitaba los audífonos un segundo, y escuchaba tan alto a Bleeding Through, Caliban, As I Lay Dying *et al.*, que se veía forzado a gritar las instrucciones, y la alumna se ponía nerviosa, sobretodo porque el muy indolente imitaba constantemente las voces guturales de *metalcore* que oía, y a veces Ida no lograba descifrar si cantaba o la reconvenía.

Lejos de mitigarse, la ansiedad de Ida crecía con los clics y las cuclillas, con las carreras en círculo y las combinaciones de teclas que debía memorizar. Su falta de concentración le impedía saltar al ritmo de la música, fijarse en la información que brindaban los iconos de la barra de tareas. Abandonó los aerobios y la computación, pero los relámpagos de la necesidad la llevaban, de iluminación en iluminación, a pensamientos tormentosos de tal viveza que no la dejaban conciliar el sueño o la despertaban súbitamente con ráfagas de fuerza y mal augurio centuplicados: ¿y si cancelaban para siempre las misiones de Cuba en Venezuela?

Por fin, cierta madrugada, una idea que le pareció brillante la sacó definitivamente del angustioso duermevela: tenía que descubrir cuál era la verdadera razón para el aplazamiento del viaje, y como por vías oficiales resultaba imposible, debía intentarlo comunicándose con sus camaradas de infortunio; desesperados igual que ella, e inconformes con el desvaído parte ministerial, habrían –de seguro– emprendido una pesquisa por debajo del telón y quizá, con suerte, supieran algo.

Ay, curioso lector, ojalá nunca tengas que vivir cinco horas como las de Ida aquella madrugada. Aunque te parezca socorrido, carente de imaginación, a la pobre solo se le ocurrió beber café (¡dos termos!) y rasgar el envoltorio donde guardaba la fuma para sus primeros tiempos en tierras bolivarianas. Con el último cigarro de la cajetilla entre los dedos, a las ocho en punto de la mañana, marcó el teléfono del Centro Provincial de Casas de Cultura. Nadie respondía. Tuvo que meter la mano otra vez en la guaca y abrir una segunda caja. Preparó el desayuno de la madre. Nadie respondía. Se aseó y fue a comprar una onza de café. Encendió la hornilla y el número daba entonces ocupado. Se tomó un clordiazepóxido. Eran las nueve y media cuando pudo hablar con Cielo Martínez, la metodóloga de teatro.

Menos mal que la atmósfera de Cielo, cargada usualmente de cúmulos nimbos, había amanecido sin nubes y mucho sol, a juzgar por la diafanidad y calidez de sus palabras. Sumaban nueve los instructores de la provincia asignados para el viaje de hacía un mes; solo tres eran de teatro: el Guara, de Cabaiguán, Teresa, de La Sierpe, y la propia Ida. Si quería saber el nombre de los demás —de la provincia y del resto del país—, debía consultar el listado de vuelo que se había hecho circular por las direcciones de cultura de los municipios a través del correo electrónico.

Ni Teresa ni el Guara habían intimado mucho con Ida; eran simples conocidos de alguna que otra reunión, de algún que otro evento. Sin embargo, cuando consiguió hablarles y se identificó como compañera de vuelo, el júbilo de sus voces le pareció el de grandes amigos que se rencuentran. Lamentablemente, Ida no tenía noticias que brindar. Y las de ellos eran por completo discordantes: a Teresa le habían dicho que estaba reorganizándose la misión cultural porque no había rendido los frutos esperados; el Guara aseguraba —*de muy pero que muy buena tinta*— que la suspensión de los viajes se debía a problemas técnicos con los aviones, y que el 13 del mes próximo iban a reiniciarse.

Ida no tuvo más remedio que aparecerse en la sala de informática de la Dirección Municipal de Cultura. Aquello tendría apenas cuatro metros cuadrados y había alrededor de diez personas: el historiador del municipio sentado frente a la única computadora; la jefa del departamento económico parada tras él, golpeteando sus hombros para conminarlo a que terminara; un promotor y varias oficinistas recostados contra la pared; la directora del museo patiabierta y arrellanada en el umbral, fumándose un Aroma pestilente...

—¿Y apareció el avión? —fue el saludo de la fumadora—. ¿O solo encontraron la caja negra?

—Se rumora que a finales de mes traen a todos los colaboradores de regreso porque los *escuálidos* han puesto la cosa mala con las misiones —habló el promotor.

—¿Y qué dice Nancy de tu viaje? —la voz como de niña se alzó a espaldas de Ida, que al virarse descubrió a una muchacha muy delgada, de largos y copiosos rizos, acercándose por el pasillo.

Claro que no era en realidad una muchacha —aunque el técnico de computación así se considerara—. Se hacía llamar Mónica y era una criatura bellísima. Al menos esa fue la opinión que se formó nuestra protagonista desde el primer momento, e iba afianzándola mientras dialogaban. Mónica había visto el listado de vuelo, cómo no, si hasta recordaba que era un documento de Excel con un montón de páginas. Pero nadie mostró interés en consultarlo y pasó tanto tiempo que a ella le parecía haberlo borrado. Seguridad-seguridad no podía ofrecer ninguna. Ida debía volver después de las diez de la mañana, cuando la conexión con *gmail* se interrumpía y aquella turba desalojaba el local.

Sobre las once, en efecto, Mónica estaba sola; ensimismada en las imágenes de *Paparazzi*. Sin más ni más le confesó a Ida que estudiaba todos los gestos y murumacas de Lady Gaga en el video, los detalles de sus trapos, peinados y accesorios. Las demás transformistas morirían de envidia cuando ella se hiciera empujar hasta el escenario en una silla de ruedas, escoltada por un cuarteto de mulatones. Claro que costaba, Ida: el alquiler del artefacto, el alquiler de los mulatones y el de los trajes de los mulatones, sin contar, por supuesto, su propia coba. Por eso, quizá, sería mejor si doblara un número de Liuba María Hevia ¡Un escándalo! Después de todo, Lady Gaga estaba muy vista, y jamás-de-los-jamases una transformista –por lo menos cubana– había montado una canción infantil. ¡Pondría la pista calientísima! Y en la apoteosis de su monólogo, Mónica abrió la carpeta de Liuba para que Ida escuchara: *Grillo Crin, grillo Crin, grillo saltarín… / va cantando por la tierra solo crin…*

Ida estaba al reventar. No vayas a suponer que por homofobia internalizada, transfobia, o cualquier musaraña mental de ese tipo (Ella era una lesbiana desprejuiciada, abierta, democrática…). El malestar se debía a que Mónica, absorta en su cháchara egocéntrica, olvidaba la urgencia de Ida. Por suerte detuvo la canción antes del final y preguntó si Ida traía una memoria. Mientras conectaba la Kingston de Nancy, recriminó a Ida porque nunca había ido a su *show*, La Noche de Mónica Fever, a pesar de que era en la casa de cultura. Devolviéndole la memoria, la invitó: «Todos los sábados a las nueve».

Marielena estaba almorzando cuando Ida llegó a su casa. Pero eso no constituía un problema: la enfermera –antecedente crucial– pertenecía a la brigada internacionalista Henry Reeve y atendía su negocio con la celeridad que demandan las catástrofes; para ella los clientes eran víctimas traumatizadas de un cataclismo y exigían cuidados de emergencia. Así que dejó la pechuga de pavo a medio comer e imprimió en un santiamén las ochos cuartillas de Ida.

¡Qué alegre estaba aquel lunes Ida Pérez con su listado! Señaló con lápiz rojo los nombres de los instructores de arte que vivían en Villa Clara, Cienfuegos, Ciego de Ávila y Camagüey; luego buscó en el directorio telefónico los números de los cuatro centros provinciales de casas de cultura y llamó. Hacía las veces de una funcionaria del Ministerio de Cultura que debía confirmar los datos personales de los colaboradores del vuelo pendiente a Venezuela. Ida pronunciaba lenta, esmeradamente, nombres y apellidos, *sí, ocá, exacto*, después los dígitos del carné de identidad, *anjá, correcto, equelecuá*, y al final –enredados ya en su madeja– pedía un teléfono donde localizar con urgencia al colaborador.

Se comunicó con instructores en Encrucijada, Chambas, Palmira, Vertientes… Pero fueron baldíos sus intentos. Nadie tenía información fidedigna, y las versiones eran numerosísimas. Se rumoraba una epidemia de dengue en Venezuela, el éxodo de varios misioneros a través de la frontera, un reajuste en los contratos referido al tiempo de trabajo y la remuneración, que el traslado de los colaboradores empezaría a hacerse por barco… De todas las versiones, una –sospechosamente– se repetía con insistencia: los vuelos de la misión cultural no se reiniciarían hasta que los candidatos fueran sometidos a rigurosas audiciones para comprobar su aptitud profesional.

Nancy no entendía por qué le preocupaba tanto ese rumor: era uno entre muchos, y aun si fuera cierto, Ida llevaba como veinte años trabajando en Cultura, tenía experiencia suficiente para aprobar cualquier examen.

Argumentos de ese tipo molestaban sobremanera a Ida. Si Nancy fuese su pareja de verdad, si aquella relación no se hubiera limitado a un falso, hipócrita e inoperante juego a las escondidas para saciar los antojos tres o cuatro veces al mes —¡y ya ni eso!–, sabría que la experiencia de Ida en la casa de cultura no era precisamente de trabajo. ¿Cuántas obras de teatro había montado en veinte años? ¿A cuántos aficionados atendía? A una guajirita que declamaba «Mi bandera» y «Romance de la niña mala» y a otro que hacía cuentos de Pepito. Pero, claro, Nancy no podía responder porque ignoraba todo sobre su vida, su embrutecimiento, su frustración, su enajenante papel de recitadora oficial de Guillén, Mirta Aguirre y Martí en cuanta conmemoración, gala, acto... se organizara.

Nancy no tenía por qué soportar aquellos gritos, ¿qué dirían los vecinos?, y mucho menos los reproches. Si Ida no comprendía las limitaciones personales de Nancy y le disgustaba la forma —la única forma— en que ella podía entregarse, y hasta dudaba del alcance de sus sentimientos, debió decírselo mucho antes, al principio, y no ahora, justo cuando estaban a punto de separarse por la «dichosa» misión, justo cuando Nancy, violando sus principios, intercedió para que el esposo le prestara a Ida el dinero de los preparativos y para llevarse un poco de reserva, justo cuando...

Qué va, Ida no toleraría tanta mezquindad. Aunque tuviera que vender la ropa y los zapatos que había comprado, deshacerse de su bicicleta destartalada, se lo devolvería, aquella misma semana, centavo sobre centavo.

Nancy no quiso decir eso, simplemente...

Ida la interrumpió: se lo agradecía, en el fondo se lo agradecía, porque si algo la hizo dudar del viaje a Venezuela, además de su mamá, fue ella, dejarla tanto tiempo. Sin embargo ahora, mirando sin tapujos la verdad que siempre, por cobarde, se resistió a aceptar, lamentaba haber malgastado los mejores años de su vida girando como un satélite en la órbita de Nancy, y estaba decidida, por fin, a brillar con luz propia. Y si para saldar la deuda con el amantísimo maridito de ella tenía que prostituirse, lo haría. Y si para salir airosa de la audición tenía que sacar sus libros de las cajas, comérselos junto con el polvo y las polillas, lo haría. Pero hasta Venezuela, bien-pero-bien lejos de Nancy, no paraba.

Te habrás dado cuenta, sabihondo lector, del grado de ofuscación que embargaba a nuestra heroína. Y no era para menos: el viaje iba por dos meses de atraso y en la espera Ida había consumido el dinero y la fuma de reserva. Si en aquel momento llegaba el aviso de vuelo, tendría que pedir otro préstamo –¿a quién?–, o resignarse a la travesía sin un quilo ni un cigarro en la cartera. Espoleada en su orgullo, se propuso dejar el vicio y vendió por treinta chavitos la bicicleta. Un joyero le dio diez por una medalla de oro del Sagrado Corazón que hurtó del escaparate de su madre. Gracias a un juego de copas –que su primer y único novio le había regalado hacía mucho– juntó ocho más. Faltándole cincuenta y dos para pagar la deuda, llegó la aciaga noticia.

—En la prueba van a medir las habilidades del instructor para impartir talleres de creación –le aseguraron, vía telefónica, desde Jimaguayú.

—Lo más importante para aprobar la audición son las condiciones físicas del instructor y la destreza para hacer trabajo comunitario, especialmente con niños –le advirtieron desde Cumanayagua.

—¿Y qué dice Nancy de tu viaje? –comenzaba a inquietarse la madre.

La sensación de amenaza hizo nido en el perturbado espíritu de Ida y empezó a fumar de nuevo, con más avidez que antes. Por si fuera poco, la cuenta del teléfono vino por encima de los doscientos pesos. No tuvo opción sino echar mano a los fondos que había reunido. Y entonces fue cuando vivió sus más penosos insomnios, porque al miedo de desaprobar el examen se unía el de quedar endeudada para siempre.

Pasaba la mayor parte del tiempo leyendo libros y revistas que rescató de cajas amontonadas en una esquina de su cuarto. Al primero, *Creando un rol*, de Stanislavski, siguió el clásico manual de historia del teatro para niños de Paolo Beneventi, que alternaba con su antiquísima colección de *Conjunto*, de cuando estudiaba en La Habana. Los recuerdos de aquellos años la distraían de la lectura: el maestro de técnicas corporales con aquel maillot descolorido que jamás cambió por otro, la esmirriada profesora de voz y dicción… Imágenes hermosas que terminaban angustiándola: echaba a un lado la revista y se ponía a mirar el techo, procurando idear figuras con las manchas del agua en el entablado, como hacía de niña para sortear el aburrimiento y los castigos. Pero solo conseguía ver manchas en las manchas. Tomaba otra revista, la hojeaba con desgano. ¿Cómo pudo convertirse en esta criatura desalentada y mediocre?

Llegada a este punto, rápidamente se ponía la mejor ropa (la que destinaba para el vuelo) y salía a las calles. Caminaba y caminaba sin parar. Cuando se cansaba, hacía un alto en el parque, en contenes, quicios, jardineras, y prendía un cigarro. Les sacaba conversación a borrachos, a viejitas sin casa, a mujeres que acechaban a sus maridos. De regreso, se sentía renovada, lista para conquistar su puesto en el avión.

Fue así como pudo leerse los artículos de *Conjunto* que le faltaban y terminar con la historia del teatro para niños. Pero sabía que tales lecturas no serían suficientes. Necesitaba, por ejemplo, consultar algo de Bertolt Brecht y Barba; Cielo Martínez no construía cinco oraciones sin que aparecieran sus nombres, y era de suponer que en el examen solo hablaría y preguntaría sobre ellos. La absurda imagen de Cielo en la postura de la flor de loto recitando como un mantra el nombre de sus falsos ídolos hizo sonreír a Ida. *Bertolt... Bertolt... Barba...* Su buen humor la sorprendió. Poco a poco fue relajándose hasta quedar dormida.

–¿Y tendrás tiempo de leer todo eso antes de la prueba? –se alarmó la bibliotecaria por el bulto de libros que Ida pidió prestados: *El arte secreto del actor, Teoría de la narración oral escénica...*

–¡Qué tortura! Por esos tejemanejes es que si me llega una misión no la quiero –opinó otra.

–¿Y qué dice Nancy de tu viaje? –preguntó una tercera, mientras ojeaba, menospreciativa, los folletos *Títeres y juglares, Dramaturgia brechtiana en Latinoamérica...*

Por gusto. Cielo Martínez no quería saber nada de teoría cuando llegó el momento de la audición. Mandó que Teresa, Ida y el Guara –por ese orden– leyeran en alta voz un cuento y después el fragmento de un discurso de Fidel. Que inventaran una noticia de impacto y la anunciaran como si fueran locutores de televisión. Que improvisaran juntos una historia jocosa en silencio orgánico y acto seguido volvieran a representarla incorporándole textos. Por último les dio escrita una frase: «Loco de contento me echo a andar por esas calles, huelo el perfume de la noche, y grito: ¡estoy vivo!». Debían memorizarla y luego decirla con disímiles intenciones y tonos.

Ida fue la única que aprobó el examen (Por algo es nuestra protagonista, ¿no?). Tanto fue su júbilo que, olvidando el agravio con Nancy, la llamó. Apenas podía dar la noticia y pedir perdón. Las dos lloraban, reían, se quedaban esperando una palabra de la otra y se hacía un silencio colmado de frases y abrazos y ofrecimientos. Hasta que a Nancy se le aclaró la voz y dijo, con todas las letras, que la perdonaba, y que tenía –ella también– una noticia: estaba embarazada. Ida no supo qué responder. ¿Embarazada?, repitió como si no hubiera oído bien. Tendré que traerle un cochecito, por lo menos... –consiguió articular al cabo, y las lágrimas le impidieron decir más–.

Llegó borracha al pueblo, bien entrada la noche; por la multitud de gente en las calles se acordó de que era sábado, y calculó que Mónica tendría su *show* en la casa de cultura. En la puerta se encontró con la directora y antes de que preguntara por el examen le alargó la botella. Pero tanta tribulación había en la cara de Ida que la rubia pensó lo peor y ni siquiera atinó a coger la Mulata. ¿Desaprobaste?, profirió con expresión entre alarmada y lastimera. La única, dijo Ida, insistiendo con el brazo extendido para que la muy alambique aceptara el ron. ¡Qué mala suerte!, exclamó la directora y engulló un buche largo. ¿Qué mala suerte de qué, chica, si fui la única que aprobó?...

II.

Pero el cuento no acaba ahí; la segunda parte no ha hecho más que comenzar. Suena el teléfono de Ida y el instructor de Encrucijada pregunta si sabe cuándo es la otra prueba. ¿Otra prueba? Entonces se entera de que vendrá un tribunal de La Habana para una última audición antes de hacer el listado definitivo de colaboradores. Ida no lo puede creer ¡Y ella que había vendido todos los libros, las revistas y hasta las cajas a la Empresa de Materias Primas! ¡Y ella que había vuelto a componer su equipaje con ese dinero y el que sacó del radio de pilas para la temporada de ciclones!

Las llamadas se suceden. A Rodas, a Baraguá... Hasta que desde Florida (en Camagüey, no te confundas) le hablan de la Resolución 27 del Consejo Nacional de Casas de Cultura, que había llegado por correo electrónico. Menos mal que son las dos de la tarde y nuestra heroína puede ir corriendo hasta el local de computación y preguntarle a Mónica, con la esperanza de que sea mentira... Pero el documento lleva días en la bandeja de entrada, ese y el listado de vuelo para la próxima semana, recibido hace unas horas.

–Tu nombre no aparece, Ida.
–Pérez Sánchez.
–Que no está. De esta provincia solo hay una persona de teatro, que tiene, por cierto, nombre de travesti: una tal Cielo.

Indignada, Ida quiere ver el documento; y como se rehúsa a dar crédito a los resultados negativos de la búsqueda rápida que Mónica emprende con CRTL+B, le pide que vaya desplazando el cursor lentamente, celda por celda. El técnico se levanta, molesto a todas luces, y le cede el asiento. Es tal la perplejidad de Ida cuando termina de revisar las ocho páginas, que permanece inmóvil y muda frente a la pantalla. Quisiera volver al principio de la tabla, no sea que por el nerviosismo se haya saltado su nombre, pero desconoce las teclas que debe oprimir, y se siente ridícula utilizando, una vez más, el maldito cursor. La Resolución, suplica entonces, casi sin voz...

Estúpida. Anormal. Mentecata. En momentos como este, a Ida no le queda más que desahogarse, infligiéndose los peores calificativos en un monólogo rabioso y delirante. Sanaca. Mema. Comemierda es lo que es, por dejarse engañar de nuevo y alimentar esperanzas. Al que nace para real... nunca, jamás, le llega la misión. Nunca, jamás, podrá arreglar aquel techo ni pagar la deuda ni recuperar lo que vendió. Nunca, jamás, tendrá un refrigerador, una lavadora, un... Y su madre, la pobre de su madre, tendrá que agonizar sobre una sábana llena de parches y manchas, también como una perra. Porque eso es lo que son Ida y su madre. Dos perras. ¡Jau! ¡Jau! ¡Jrrr! ¡Jrrr!

No te asustes pensando que Ida ha enloquecido. Recuerda que estudió teatro, y aunque lleve años sin trabajar-lo-que-se-dice-trabajar, sabe que mantener el mismo tono durante mucho rato, aburre al espectador de cualquier monólogo. Así que se ríe mientras ladra, y la risa contagia a Nancy.

—Me faltó decir lo de las tejanas. Siempre he querido ponerme unas botas tejanas y un sombrero de paño ¡auténtico!

—Tampoco mencionaste la maleta de ruedas ni las gafas Ray-Ban.

—¡Hay tantas cosas que no sé ni pedir!... Tienes que alfabetizarme con eso de las marcas de cámara digital, de celular, de computadora... Debo ser precisa cuando haga de nuevo este monólogo frente a la comisión o el tribunal de La Habana. Porque te juro que si no piden ese tipo de ejercicio, yo misma voy a sugerirlo. Total, si ya he perdido el avión dos veces, da igual una tercera.

Con ese espíritu —digamos que de ligereza y jovialidad— enfrenta Ida la nueva estación de su viacrucis. Y es mucho lo que aprende, guiada por un matrimonio vecino de artesanos y por los trucos que en solo una tarde le revelan los atrezistas y el diseñador del Guiñol de Santa Clara. Así pues, martes y jueves se dedica a ejercitar la construcción de marionetas, títeres, máscaras, los más diversos objetos de utilería. Con papel, nailon, tela, semillas, alambre... lo que aparezca. A Sancti Spíritus va lunes y viernes: un actor profesional, condiscípulo de Ida en los tiempos de La Habana, la adiestra en el manejo de los zancos. Cómo obtiene tanta ayuda, te preguntarás. ¿Acaso no confías en la bondad del ser humano? Bueno, parece que Ida tampoco, porque es mucho el queso, el café y las frutas que regala...

Los miércoles y domingos son para leer. Porque la Resolución indica palmariamente que el instructor debe dominar «el lenguaje de la manifestación». (Y aquí pongo otro paréntesis para advertirte que eso de la *manifestación* quiere decir *teatro* y no, como afirma el Larousse, «demostración colectiva, generalmente al aire libre, a favor de una opinión o una reivindicación». Si fuera eso, Ida no tendría que estudiar, y ya vería el tribunal la riqueza, el vigor, la organicidad de su *lenguaje de la manifestación*.)

Claro que no ha sido fácil conseguir qué leer. Con las instructoras del departamento ni hablar de libros: una tiene problemas con el espacio (viven ella, el esposo y tres hijos en un cuarto-comedor-cocina) y la otra, heredera de una mansión, sufre serias limitaciones con el tiempo (la telenovela de las cuatro, la serie de las once, la película de las dos...). A Nancy —el hada madrina— se le ocurrió recabar los favores de su amigo Jeremías del Sol, que además de oncólogo, tiene varios títulos y grados y categorías, y una obsesión: atesorar libros de autores famosos y temas exóticos. Porque Nancy era Nancy y la conocía de mucho tiempo, del Sol le prestó una joya de su colección: el *Diccionario teatral* de Patrice Pavis.

Los sábados, para cambiar de aires, Ida no se pierde La Noche de Mónica Fever. Y tanto aprecia el histrionismo de la anfitriona, que se anima a montar una obra de teatro con ella; la misma con que se había graduado en los años ochenta: *Todos los domingos*, de Antón Arrufat.

—El papel de Alejandrina, la criada de la protagonista, te queda que ni pintado —así le dice, para convencerla.

—¿Desperdiciar el maquillaje, con lo que cuesta, para destruir mi imagen haciendo de criada?

—Elvira, la protagonista, está peor: anda en silla de ruedas. Y además, la criada es de armas tomar; se hace la que obedece, pero en realidad manipula los miedos de su señora, se burla de ella. Prácticamente es la que mueve los hilos de la obra y decide el final.

—Me gusta eso: ser malvada, tener poder... ¿Y quién hará de Elvira?

Elvira será la propia Ida, para matar dos pájaros de un tiro: ejercitarse en la dirección y la actuación. Y porque es muy difícil completar el reparto. De hecho, tiene que rescribir la obra, eliminar personajes, y aun así le falta un actor: el que encarna al Novio.

Una vez más es Nancy quien la saca de aprietos, persuadiendo con su repertorio de vocativos e hipocorísticos –y el imperioso billetico, ahora de otro color– al fanático del *metalcore*. Por supuesto, lo del dinero se lo calla, no quiere estropear la contentura de Ida cuando le hace el cuento y se abrazan y Nancy vuelve a sentir aquel estremecimiento primigenio, el ansia por las manos y la piel de Ida que suponía perdidos entre tantas reconvenciones y disputas, sumadas a la insípida ritualidad de los encuentros en la misma cama y con idénticas prevenciones (bajar la cortina, encender el ventilador, apagar la lámpara, no hacer ruido…).

Sin embargo ahora, que bajan la cortina y encienden el ventilador y se echan sobre la misma cama y deben decirse bien bajito aquellas frases elogiosamente humillantes, todo les parece inédito. Las caricias las subyugan a tal punto que tardan en descubrir la sangre. Cerrados los ojos, Ida unge sus dedos con los zumos que Nancy, patiabierta, le brinda; se los lleva a la boca y el sabor extraño la impulsa a mirar.

Después del susto y la espera angustiosa en un banco del hospital, cuando puede por fin abrazar a su Nancy medio adormilada por la anestesia, Ida se vuelve hacia el marido y lo abraza también, qué más da. Está alegre. Profundamente aliviada. Como si el aborto de Nancy las desembarazara –a las dos– de aquel hombre callado e insondable que fingía no saber.

Tan feliz se siente Ida, y la felicidad espolea de tal modo su imaginación, que en apenas un mes casi completa el montaje de *Todos los domingos*. Verdad que no tiene un instante de reposo y que Mónica se entrega en cuerpo y alma a la obra: diseña y cose el vestuario, ofrece sus polvos sin reservas, sus creyones, delineadores… y es la primera en llegar a los ensayos, siempre desbordante de ideas. Verdad también que el loquito del *metalcore* no se queda atrás: ha editado la banda sonora y con el segundo pago de Nancy compró el disco para quemarla. Por si no bastase, como le resulta muy difícil memorizar y articular correctamente sus parlamentos, se queda una hora o dos después de los ensayos para que Mónica –súbita y abnegada *regisseur*– lo corrija.

Todo es concordia, concierto, comunión. De pronto Ida está metiéndole cabeza a las explicaciones de Pavis sobre la teoría de los actantes de Greimas, y aparece Aníbal (que ya se ha ganado un nombre propio en esta historia) con un refresco para la madre de Ida y una canequita de ron para que la directora «relaje el caracol». Al rato llega Mónica y trae un té de manzana, arándano o limón. Todo es Ida para aquí, Ida para allá; a la obra le falta esto, deberíamos quitarle aquello; pensándolo bien, la música de Caliban no suena tan mal, sin embargo prefiero la de Bleeding Through; pensándolo bien, me cuadra muchísimo ver a los tipos haciendo de jebitas, eso es teatro, asere, y a ti te queda estelar…

—Hay que estrenar la obra antes de que te vayas para la misión —se inquieta a veces Mónica.

—Podemos estrenarla en el *show* de Mónica, así tenemos el público garantizado —sugiere Aníbal.

—Por mi viaje no se preocupen —Ida los tranquiliza—. Tal como están las cosas, veo esa misión igual que Nemesia, la del Indio Naborí, veía sus zapaticos blancos: *tan lejanos…* —y ágilmente se pone de pie, para con burlona grandilocuencia de tribuna, proseguir la letra del romance— *…como aquel lucero azul / que en el crepúsculo vago / abría su flor celeste / sobre el dolor del pantano.*

Porque la sorprendas hablando así, no vayas a suponer que Ida renunció al viaje a Venezuela. Nuestra heroína es un personaje consistente, de voluntad férrea, aunque en aras de la dignidad y la cordura, atempere sus más íntimas emociones y simule un poquito...

Nadie –ni siquiera Nancy– la ve llorar, desvelarse; nadie –ni siquiera Mónica– puede aquilatar su desazón de cuando llegan uno, dos, tres listados de vuelo y su nombre no aparece. Ninguno de los actores sospecha que si la señora Elvira se queda sin palabras frente a la criada o al Novio, no es porque a Ida, la actriz, le falle la memoria, sino porque los recuerdos la desconcentran: de pronto vuelve a sentir en la carne el dolor de las vacunas, el calorcito de las planillas recién impresas por la seño Marielena; se ve de nuevo entre los merolicos buscando un par de zapatos para el viaje, frente a la cara simiesca de Cielo Martínez anunciando, como locutora del noticiero de las ocho, una noticia de impacto: la aprobación del matrimonio gay en la Asamblea Nacional del Poder Popular...

Se para de la silla de ruedas, se quita la peluca y tira el abanico. Que es muy difícil dirigir y actuar al mismo tiempo, se disculpa, y les propone un receso. Quisiera gritar que la impacienta esta espera de más de seis meses, la audición nacional que no llega. Desearía confesar su rabia, su envidia, de que el Guara, desaprobado y todo, se montó hace quince días en el avión para Venezuela, mientras que Ida Pérez Sánchez, aunque aprobada, solo puede montarse en la destartalada silla de ruedas que le prestaron, con un millón de remilgos, en la farmacia. Tiene miedo, mucho miedo... Sin embargo no grita, no confiesa. Finge que tiene sed, se empina medio pomo de agua y vuelve a encasquetarse la peluca.

III.

–¿Y qué dice Ida de tu viaje? –comenzaron a preguntarle a Nancy en la peluquería, en casa de la manicura...

Y no pienses que confundo los nombres de los personajes. Donde dice Ida es Ida; donde Nancy, Nancy. Lo que pasa es que de la segunda a la tercera parte de la historia han transcurrido cuatro meses. Perdido el embarazo, Nancy aceptó anotarse en la bolsa de colaboradores para la Operación Milagro, con la secreta pero firme idea de abandonar al esposo y unirse abiertamente a Ida. Bien porque la suerte las hiciera coincidir en Venezuela, bien porque, agenciándose la independencia económica en solo dos años de trabajo en cualquier país latinoamericano, pudiera, al regreso, comprar una casa para las dos.

(Añado este paréntesis porque, de algún modo, tenemos cierta confianza y creo que puedo sincerarme contigo: en setenta y dos horas parto en el vuelo Habana-Caracas, y con los preparativos del viaje apenas puedo escribir. Llevaba casi dos años esperando la misión, y como ya había perdido toda esperanza de salir, pensé que dispondría de tiempo suficiente para contarte la historia de Ida con pelos y señales. Ahora debo apurarme, omitir detalles, saltar en el tiempo; pero no te inquietes, prometo que llegaré hasta el final.)

–¿Y qué dice Ida de tu viaje? –comenzaron a preguntarle a Nancy en la peluquería, en casa de la manicura...

Ida vivía entre el sueño y la pesadilla.

Todos los domingos había sido un éxito rotundo; tuvieron que reponerla cuatro fines de semana consecutivos y aun así la gente seguía pidiéndola. Enterado el nuevo metodólogo de teatro –sustituto de Cielo–, quiso ver la obra y se programó otra función, que le pareció excelente, a pesar de la flagrante desconcentración de Ida y ciertos errores en la dicción de Aníbal que ni la entrega de Mónica después de los ensayos había conseguido eliminar. Quince días más tarde el grupo fue invitado a presentarse en la Casa del Teatro en Sancti Spíritus durante la Feria del Libro.

Ida aceptó el ofrecimiento, ese y los que siguieron, a la prisión de mujeres, a comunidades intrincadas del Guamuhaya... La pequeña notoriedad que como instructora y directora iban acarreándole aquellas presentaciones favorecerían muchísimo sus aspiraciones a salir de misión. Aunque en honor a la verdad, es justo reconocer que ya no era esa la única motivación de Ida: la vorágine de trabajo excitó su imaginación embotada, reavivó su entusiasmo de juventud por el teatro, y tras la desconfianza y la desidia de muchos años, había vuelto a creer en sí misma. Incluso, a veces, se sorprendía pensando en Mónica y Aníbal, preocupada por cómo les diría que abandonaba el grupo, la obra, cuando fuera el momento de partir.

Y no era para menos. Sus actores estaban muy comprometidos con lo que hacían. Aníbal había llegado a declarar, avergonzado, el dinero que Nancy le pagaba, y renunció a él. Mónica era, sin dudas, la estrella, la buena estrella que había inspirado a Ida en una noche de *show* y cuyo esplendor deslumbraba a todos. De recio y natural talento, nunca, sin embargo, estaba conforme: repasaba una y otra vez un gesto, una mirada, el tono o la intensidad de una frase. Podía estar horas frente al espejo estudiando la posición de los hombros, el mohín que debía transformar su rostro en solo un instante de la obra. Y eso no era todo: ella y Aníbal, una vez que se apagaban las luces y el estruendo de los aplausos, se lanzaban sobre Ida como dos niños sudados y palpitantes que besaran y abrazaran a su madre después del susto y la alegría de la montaña rusa.

Hasta aquí el sueño de Ida. La pesadilla eran las llamadas, incesantes, desde Encrucijada, Chambas, Palmira, Vertientes... Se rumoraba que habían derogado la famosa Resolución 27 y ya no habría audición nacional; que el tribunal había desaprobado a dos tercios de los instructores en Matanzas; que Carlos Díaz y Verónica Lynn acompañaban a los metodólogos nacionales y eran los más inflexibles; que el día 23, el día 12, el día 4 harían la audición en Sancti Spíritus...

A esta pesadilla se unía otra: apenas podía verse con Nancy. Cuando no era por los ensayos y presentaciones del grupo, era por las gestiones de Nancy para el viaje o sus desavenencias con el marido, que miraba con muy malos ojos aquella intempestiva, absurda (los adjetivos son de él) decisión de Nancy, y le dio por acompañarla —perseguirla— a todas partes.

—¿Y qué dice Ida de tu viaje? —preguntaban a Nancy la bodeguera, el sereno de la esquina, personas que tropezaba en la calle y a quienes el desconcierto le impedía reconocer.

Al principio quedaba como aturdida, incapaz de responder. Poco a poco se fue dando cuenta de que su relación con Ida era de dominio público. Definitivamente comprendió cuán necios y ridículos habían sido sus cálculos, sus disimulos, y lamentó el tiempo perdido, la felicidad menoscabada en aras de un secreto que solo existía en su mente irresoluta. Quiso pedirle perdón a Ida.

Pero esa tarde Ida no estaba sola; compartía con los actores. Nancy se sentó en el taburete de siempre, el suyo, y aceptó la taza de café. Hablaban de un poema de Martí y una gala a la que asistirían militares de altísimo rango; la instructora de teatro de los muchos hijos y el poco espacio estaba, una vez más, de licencia de maternidad, y la otra —la de la mansión, las eternas series y telenovelas— carecía de voz y talante para «un acto político de tal magnitud», así había dicho la directora de la casa de cultura y le pidió a Ida recitar el poema. Ida se preguntaba qué sería de las celebraciones y actos del pueblo cuando ella saliera de misión. Tendrían que recurrir a las transformistas, dijo Mónica, ¿se imaginaban a Caricia Moreno o a Hechizo del Arrabal declamando «no sé por qué piensas tú, soldado, que te odio yo»?...

Todos rieron la ocurrencia, especialmente Aníbal, que no pudo sustraerse al impulso de apretar, como al desgaire, una mano de Mónica. Advirtiendo el ademán, la ternura y el miedo que en él se entreveraban, Nancy se vio a sí misma, y supo que no dejaría pasar la oportunidad, haría lo que vino a hacer, le pediría perdón a Ida del modo más simple y sincero. Se puso de pie, y ante el asombro de todos, plantó un beso en su boca.

Voy a colar más, habló Nancy, separándose de Ida, y sin mirar a nadie conectó la hornilla y se puso, temblorosa, a preparar la cafetera. Solo se escuchaba el sonido de las piezas al desenroscarlas, el chorro de agua, el retintín de la cuchara, las piezas vueltas a enroscar. Hasta que Ida, repuesta ya, se paró también y abrazó a Nancy por detrás. Entonces Mónica aprovechó, y agarrando el robusto dedo índice de Aníbal, lo lamió suave, ardorosamente, y lo mordisqueó.

—¿Y qué dice Ida de tu viaje? —le preguntó el esposo a Nancy aquella mañana, el día de la audición (que al fin llegó). Había un sarcasmo apenas encubierto en sus palabras, y Nancy no se arredró. Ida estaba muy contenta con su decisión, tal vez hasta se encontraban en Venezuela y podían vivir juntas el tiempo de la misión; ahora mismo Ida hacía la prueba, y no le cupieran dudas de que saldría airosa.

Ojalá, exclamó él, porque veía volando sus cien dólares, el dinero que, prácticamente forzado por los insidiosos arrumacos de Nancy, le prestó a esa... ¿Esa qué? Y como el esposo no contestaba, repitió más fuerte la pregunta. Él pidió que bajara la voz, ¿no le daba pena? Pena debía tener él; pena de sí mismo ¡Qué triste haber sospechado durante quince años y faltarle coraje, dignidad, para tomar una determinación!

Hubo un silencio. De puro nerviosismo, a él le dio por agarrar el mando del televisor. Ella se puso en guardia, imaginando que se lo lanzaría. Pero él empezó a darle vueltas y más vueltas, oprimía con desesperación los botones, encendía y apagaba el equipo, cambiaba los canales, subía y bajaba el volumen. Las lágrimas no le dejaban ver lo que sus manos hacían.

—¿Y qué dicen los actores de tu grupo de este viaje? —preguntó el nuevo metodólogo apenas vio a Ida.

—Tristes... Alegres... Más alegres que tristes... Lo mismo que yo.

Hubo un silencio. De puro nerviosismo, al metodólogo le dio por quitarse los espejuelos, limpiarlos con el pañuelo, volver a acomodárselos y quitárselos otra vez. Ida se puso en guardia, imaginando la mala noticia. Él guardó los espejuelos en un estuche:

—Pude haberte dicho esto por teléfono, pero no me pareció adecuado. Quería mirarte a la cara, Ida, y ya ves que no me atrevo.

—No me dejes, Nancy. Haz lo que quieras pero no me dejes —habló el esposo, entrecortada la voz, y apagó el televisor.

—Pues póngase los espejuelos y dígame qué pasó ahora. Quiero los detalles, las razones, porque está claro que el viaje se me jodió de nuevo.

—Si no es ahora será otro día, después... Irme a vivir con Ida es solo una cuestión de tiempo.

Entonces vinieron las explicaciones. Que si había una orientación nacional de proteger y preservar a los instructores con unidades artísticas de calidad. ¿Ida no se daba cuenta de que un viaje por dos años a Venezuela dispersaría a los aficionados de su grupo, destruiría irremisiblemente los resultados de un trabajo tan serio? Que él la amaba, la comprendía, y no había necesidad alguna de tomar decisiones drásticas. Que se había puesto celoso por lo del viaje, cierto, lo admitía; pero eso era lo de menos, mi vida, algo infantil y pasajero de lo que se arrepentía. Que si instructoras como Ida hacían mucha falta en Cuba, aquí estaba su más valiosa misión. Que si él no podía vivir sin ella, no podía...

Hasta que le lanzó el mando del televisor por la cabeza y al metodólogo se le cayeron los espejuelos sacándolos del estuche.

(Y aquí termina todo. Tendrás que disculparme por el batiburrillo y ese final como de comedia silente. Pero sé que eres un lector muy perspicaz y ya has adivinado los pormenores que restan: estoy sentado en el avión, a punto del despegue, y Nancy se agarra fuerte de mi brazo, aterrorizada por la velocidad y el ruido. Estoy tentado de preguntarle qué dice Ida de su viaje, pero soy tan perspicaz como tú y adivino que se siente triste y alegre, más alegre que triste, lo mismo que Nancy, que yo, que todos los que empezamos, por fin, el ascenso.)

La última farsa

> ¡Ser duro y astuto con quien se ama es tan natural! Si el interés que testimoniamos a los demás no nos impide ser afectuosos con ellos y complacientes en lo que deseen, es que ese interés es falso. Los demás nos son indiferentes y la indiferencia no invita a la maldad.
>
> Marcel Proust

I.

Se han puesto de acuerdo. Yusimí finge atarearse en menesteres de cocina mientras Ámbar atiende al Fideo. Atenderlo significa permanecer con la cabeza hacia atrás en el butacón, mirando hacia el-techo-de-la-sala-piso-de-la-barbacoa, y decir frases aparentemente anodinas sobre los valores nutritivos de frutas y hortalizas, y lo caro que resulta organizar una cena vegetariana para un comensal refinado.

El Feto (los apodos varían) no para mientes en el monólogo, fascinado como está por las novedades del banco de películas… Quiere llevarse cuatro cintas de un tirón y la profesora se hace la que no oye, sigue con las zanahorias y las habichuelas, los aminoácidos esenciales y la vitamina A, pero sobre todo con el tema económico: Yusimí está en la quiebra; aquella comida china, sin colesterol ni oxidantes, le ha costado un ojo de la cara…

El propósito de Ámbar es que el Filiforme abone el alquiler de los videos. Pero no se rebaja a recoger el billete, pregunta «¿Y eso qué es?» con talante de baronesa que descubre heces insólitas al final de la sopa. Él hace un gesto indicando los videocasetes. Ah, sí, dice ella, y señala con estudiada indiferencia hacia el cuenco en la repisa donde la dueña recauda las finanzas.

Cuando el sonido de la reja avisa a Yusimí que el estomatólogo se ha marchado, emerge furibunda de la cocina. Ámbar es una maleducada. Lo espantó con sus groserías, y ese no era el trato. ¿Por qué no le dijo que el hombre, para quien supuestamente ella cocinaba, la pretendía? ¿El plan no consistía en provocar los celos del dentista y atraerlo por esa vía?

Que Yusimí controle su histeria; Ámbar necesita, pide, exige paciencia. El Fleje no es acéfalo ni mononeuronal, y la píldora hay que ir dosificándola.

La disculpe, okey, la perdone, pero Yusimí teme que el cinismo de la profesora aleje al dentista y ella lo pierda para siempre. Ámbar no soporta oírla hablar como si fuera una limitada física, un monstruo o una bruja, y el Fileno un *top model*. ¿Por qué no lo convida a mirarse juntos en un espejo? Además, si el Falso Faisán vuela, impresionado a causa de algún que otro desplante, es porque realmente nunca estuvo dispuesto a posarse, y en tal caso, jamás valdrá la pena.

A veces Yusimí envidia la insensibilidad, la crudeza de la otra. Pero su mal está en el disco duro: las manos le tiemblan, el corazón se le quiere salir por la boca... A Ámbar se le hace particularmente fastidiosa esta parte del drama y arremete con insidia:

—¿En el fondo lo que buscas no es zamparte al Fideo? Pues deja ese patetismo barato y ponte para la comida... Aunque, en honor a la verdad, me resulta paradójico eso de querer meterle el diente a un estomatólogo.

No se burle, Ámbar. Será muy sabia y muy profesora, pero su intolerancia la tiene hasta la coronilla. ¿Por qué habla siempre como si los demás fueran mongos y solo ella tuviese entendederas? Si el paquete de fideos contiene pocas proteínas, total qué le importa a Ámbar; es Yusimí quien va a comérselo y a ella únicamente corresponde decidir si asume o no la dieta.

Brillante, genial Yusimí en su apoteosis (merecería por su ingenio un contenedor de pastas italianas). Ámbar parece entusiasmada ciertamente, porque se yergue, la abraza con fuerza y jura emprender la segunda fase del plan, mañana mismo: Yusimí se esconderá en la barbacoa y la estratega recibirá otra vez sola al Findingo.

Cuando el cliente averigua por la dueña, muy jovial responde Ámbar:

—Con aro, balde y paleta.

Casi perplejo por la inusitada contesta, el estomatólogo imagina a Yusimí en la playa, ¡con la cantidad de aguamala que ha invadido la costa…!

Ámbar reprime apenas la risa: quiso decir que andaba bellamente ataviada en pos de su amorío. Y por si aún no comprende, aclara que ha ido de paseo por la ciudad en compañía del novio, el mismo para quien había cocinado ayer el arroz ecológico. Porque el hombre es vegetariano, practica tai-chi-chuán, lee las suertes con el I Ching y cultiva bonsáis. Trabaja en la Embajada de China y es, además, modelo de Suchel. Le dicen Chachi, ¿qué más quiere el Fantoche sobre el susodicho escuchar?

El dentista se ha quedado mirándola, y por vez primera Ámbar aquilata el verdor hialino en sus ojos:

—Un dechado de chinidad el tal Chachi —jaranea él y frunce el entrecejo, al tiempo que estira levemente los labios como truncando adrede la sonrisa—. ¿Por qué siempre da la impresión de que te burlas?

Eso sí que Ámbar no se lo esperaba; le da vueltas y más vueltas al pulso hasta sentir un ligero escozor en la muñeca. *C'est la vie*, articula al fin, a sabiendas de que es una frase torpe, sin brillo. Para colmo, él replica en un francés tan fluido y complicado que ella no entiende ni jota y la ofuscación apenas la deja entrever una salida airosa. Por suerte, una vez que el Franchute concluye la enorme parrafada, viene a su mente una sentencia salvadora:

–Según Mahatma Gandhi, cualquier cosa que hagas será insignificante, pero es de suma importancia que la emprendas. ¿Te embullas a jugar cartas conmigo?

II.

De veras lo siente, pero ni muerta vuelve a cruzar más de tres palabras con ese individuo. No está dispuesta a soportar otra sesión de sicoanálisis recreativo. Demasiado incisivo y coherente en sus interpretaciones, la dejaba sin armas. ¿Sabe Yusimí lo que significa pasarse años levantando un muro para que alguien, con solo quitar una piedra, lo eche abajo?

Yusimí no comprende la reacción de Ámbar. Tan segura de sí, ¿qué le pueden interesar las opiniones de un extraño? Y aun cuando llegaran a importarle, ¿por qué se las permite?, ¿cómo ha dejado Ámbar de ser Ámbar de la noche a la mañana?

Perturbador, ya lo ha confesado. El dentista iluminó verdades suyas que jamás se habría atrevido por sí misma a develar. Ponía el dedo en la llaga y aviesamente frotaba con sal y vinagre. Y aunque le dolía, ella no retiraba la zona dañada; sentía una especie de fascinación masoquista, una tortuosa esperanza de cura.

¡Lo que pasa es que a Ámbar le gusta el Feto! Mucho criticar a Yusimí para al final caer en lo mismo. Que si flaco como un fleje, que si flojito como un fufú, y lo que estaba era tratando de desencantarla para quedarse ella solita con el tipo. Nunca imaginó que su amiga del alma la traicionara de ese modo.

Yusimí debería enjuiciar menos y entender mejor. Ese hombre, en apenas unas horas, ha hecho que Ámbar reconozca la mediocridad de su existencia. Hablar con él ha sido contemplarse por la fuerza en un espejo. ¿Alguien se enamoraría de un espejo?

Mucho blablablá, mucho no-quiero-échamelo-en-el-sombrero. Ámbar es una cuatrera de guante blanco, la gatica de María Ramos. Yusimí había espiado la conversación y en ningún momento oyó que él dijera sobre la profesora algo nuevo, diferente de cuanto la propia Yusimí estaba cansada de repetirle.

Sin más argumentos que inventar, Ámbar se voltea, abandona la discusión, y sube parsimoniosa la escalerilla de la barbacoa. Pero la otra la sigue con vituperios cada vez más soeces, delirantes acusaciones. ¿A qué tanta histeria por un hombre?, Ámbar la enfrenta al cabo. Esta no es la casa de Bernarda Alba; ellas no son Martirio y Angustias ni el Frailecillo es Pepe el Romano…

Si de verdad a Ámbar no le gusta, que se lo jure –y Yusimí da un traspié en el último peldaño–. Ámbar no logra contener la risa: ¿por quién pudiera jurar y resultar creíble? Ella es sola en el mundo, sin padres ni familia, un verdadero «caso social». Por la amistad que las une –pide Yusimí–, y entonces la huerfanita del centro para niños sin amparo deja de reír. Quizá todo no sea más que otra de las grandes actuaciones de Yusimí, dignas de un Óscar. Pero Ámbar quisiera tomarla en serio:

–Te lo juro.

Yusimí, sin embargo, no cree una sola palabra –al menos eso dice, y promete cobrárselas.

III.

Yusimí no debería hablar tanto. (Políglota la llama Ámbar por su español asaz diverso: lo mismo perora como cuadro sindical que como seño, exconvicta o plañidera en funeraria.) Aunque puso el disquete de Annie Lennox para que Ámbar no escuchase la conversación, el Fulano ha sugerido bajar el volumen porque le duele la cabeza, y alegando una gastritis rehúsa la aspirina que le alcanza la solícita anfitriona.

De manera que Ámbar oye con nitidez la conferencia de la políglota sobre las enfermedades más comunes del sistema digestivo y las variantes farmacológicas para su tratamiento. Usa el vocabulario técnico con precisión de erudita y donaire de locutora, pero de pronto la voz se le resquebraja:

–¡Con lo que tuve que pulirla pa'cerme enfermera!

Como si cambiara del alemán al yiddish, así transita Yusimí del argot científico al callejero, y presumiblemente hasta se enjuga una lágrima. Que si la profesora de tal asignatura era pan-con-pan y quiso echársela al pico porque ella no transaba. Que si el hijeputa del vicedecano y el cabrón de la Juventud. Que si el fraude colectivo en el examen de Fisiología y los dos años de castigo fuera de Ciencias Médicas sin ella beberla ni comerla.

–Total. Con lo que me gustaban la cofia y los tacones blancos, tuve que engavetarlos y ponerme de lleno p'al baro.

Ámbar daría cualquier cosa por ver la cara del dentista. Sus ojos sobre todo. Es algo que no se atrevió a confesarle a Yusimí, una visión que aún la inquieta y seduce. Jugaban a las cartas y cuando fue a pedir arrastre con el rey de oro, el naipe en la mano, la mano en el aire, la profesora se descubrió en las pupilas del Filamento: de organza el vestido blanco, de muselina azul, de crepé. Multiformes los atavíos y también los corceles que la conducían a través de senderos rápidos, como de nube o nieve. Oía una música, ¿un vals?, una confusión de músicas que apenas la dejaban darse cuenta de que había colocado la baraja sobre la mesa y el adversario ganaba con el as.

Esquivando la diatriba que ha emprendido Yusimí sobre los desaciertos curriculares en los estudios cubanos de Enfermería Emergente, él pregunta por Ámbar. Ámbar sonríe, entre alegre y atemorizada, recordando el estupor que tras las imágenes le sobrevino. Desde que dejó de ser niña no le ocurría algo así. Las visiones de entonces la compulsaban a agenciarse manteles, sábanas, cortinas, para que la habilidad y el ingenio de su amigo Noel concibieran vestidos de princesa o *lady* ricacha, y ella los llevase usando nombres extranjeros que copiaba de libros de aventuras y policíacos ingleses.

La licenciada en enfermería responde que la profesora ha ido a la universidad..., y tras una pausa breve precisa —malévola— que a la universidad del Cotorro. La pobre Ámbar, tan sabia y exigente, les da clases a semianalfabetos en un municipio de las afueras. El sueño de la amiga era impartir Letras Clásicas en la Colina, pero su extravagancia la perdió. ¿Qué universidad respetable aceptaría en su claustro a una chiflada sexual con esa facha jipangona? Solamente en el Cotorro, Alamar, San Miguel...

Maldita. Mil veces maldita Yusimí. Ámbar debería salir del escondrijo y hacerla quedar como embustera. Desenmascararla, revelar ahora mismo ante el Flagelo toda la sordidez de su vida... Pero no, aún no puede. ¿Alguna vez podrá? Además, es cierto lo que ha dicho. Y a fin de cuentas las carrozas y los briosos alazanes, el cuello y las manos guarnecidas de joyas son espejismos, una jugarreta de su mente fatigada.

Al menos así se explicaba el hecho ayer tarde, mientras elegía un tres de espadas para rematar la sota que el dentista había puesto en juego. Sin embargo, no bien volvió a mirar sus ojos, se vio otra vez en el espejo límpidamente verde: un hombre de frac y rizos negros le ofrecía gentil, casi versallesco, una mano suavísima en la inmensidad de la floresta.

El Fetiche no opina. Transitando de los celos a la compasión, la parlanchina desbarra: con lo difícil que era antes graduarse en la universidad, y hoy día cualquier mequetrefe consigue facilito un título de abogado. Lástima le da que Ámbar tenga que participar de esa farsa, malvender su inteligencia, desperdiciarla por cuatro quilos.

Ámbar supuso que alucinaba, no quiso ver más y desvió la mirada hacia las cartas, detalló el movimiento de su propia mano mientras recogía la sota con el tres y las depositaba boca abajo en el mazo de la izquierda. Alucinaba, deliraba –se decía, como si las palabras pudieran conjurar el misterio, la perplejidad–.

Él dice que tiene ganas de vomitar. Ámbar discierne el tropel de muebles y pies, del cubo metálico sobre las losas cuando Yusimí lo arrastra: en la taza no, Fabio; estamos sin agua y el baño sin descargar. Qué vergüenza, qué vergüenza. Y entre lamento y lamento le pasa la mano por la nuca y la cabeza.

Un té, él tiene que tomarse un té verde, altamente digestivo; y al parecer el dentista acepta. La profesora siente los pasos de la enfermera hacia la cocina; luego el silencio, tregua que concede al paciente. ¿Acaso Yusimí se verá también en los ojos de Fabio? Eso explicaría la ansiedad con que aguarda sus visitas, la prodigalidad que le dispensa, el obsesivo afán de conquistarlo y el temor de perderlo. ¿O sucederá con él lo de siempre?

El Falsario pregunta si Ámbar demora, pero Yusimí no quiere ni que le hablen de ella (y alza ostensiblemente la voz). La muy ingrata no valora ni un tantico lo que Yusimí fue capaz de hacer cuando Ámbar se graduó de Letras y tenía que regresar a Cabaiguán, su monte de origen. La trajo a vivir para esta casa sin exigirle jamás un centavo de alquiler. Ha compartido con ella la época de las vacas gordas y también la de las flacas. Ha sido una hermana, más que una hermana, y a cambio, ¿sabe él cómo le paga? Pues sacándole los ojos a su novio Chachi, el de la Embajada China y el tai-chi-chuán.

La perfidia con que la amiga tergiversa los hechos deja atónita a la espía. Se sienta en la cama. Si Ámbar está hoy en la barbacoa es por voluntad propia: para no enfrentarse al espejo en la mirada del dentista, para no reconocerse cándida y extraña, laciamente amada. Se ha negado a ese idilio porque le teme, es cierto, pero, sobre todo, por respeto y lealtad a Yusimí.

Con lo buena que Yusimí ha sido. Con lo humana. Lo desprendida. Porque Fabio debe saber que Ámbar no tiene familia; su suerte fue el asilo para niños sin amparo, la recogieron de casa de su madrastra —alcohólica y presidiaria—, que la tenía viviendo prácticamente en la calle. Yusimí cumplía su servicio social como seño en F y Tercera —el albergue donde ubicaron a Ámbar cuando matriculó en la Universidad—, y allí la conoció, siempre llena de moretones en el cuello, los brazos y hasta en la mismísima cara. Con algodón empapado en Heparina, la enfermera se los atenuaba. ¿Sabe cómo le decían a Ámbar? Plaquetas Bajas. Como él de seguro conoce, los trombocitos...

—Atención, señores pasajeros —interrumpe Ámbar la digresión hematológica descendiendo, altiva, la escalera—. El vuelo chárter procedente de la Universidad del Cotorro acaba de aterrizar.

Turbada, la enfermera sostiene la taza de té sin atreverse a llevarla a la boca. La profesora busca los ojos de él: se encuentra hermosa, de visón el abrigo, y el galán la besa mientras cae lenta, como ingrávida, la nieve. Lo toma por la barbilla:

—No te fíes de las empleadas de aeropuerto, cariño; mira que hablan mucho, y los aviones no esperan —y va rumbo a la puerta, haciendo sonar con énfasis las sandalias.

IV.

Fideo. Filiforme. Findingo. La señora de dientes apiñados y moño de cabaretera le dice que el doctor Olazábal trabaja en la consulta ocho, al final del pasillo. Feto. Fleje. Fantoche. Ámbar piensa que un apellido harto eufónico y distinguido le queda grande a Fabio, como de seguro la bata blanca de estomatólogo. Flagelo. Farsante. Falso Faisán. No sabe exactamente para qué ha venido; sigue un impulso ciego y apremiante, una idea tal vez absurda. ¿Qué dirá cuando abran la puerta? Filamento. Fraude. Fetiche. Toca muy suave en el cristal.

La bata es blanca, pero encima se ha puesto una camisa verde. Verde es el naso que cubre parte de su cara. Verdes los ojos, la pared, la toalla que cuelga próxima al lavabo y la que tiene sobre el pecho la paciente.

Sorprendido y al parecer alegre, la saluda levantando las manos, enfundadas en los guantes llenos de sangre, y le indica una silla junto al pequeño buró. Cuando termina de suturar la encía, arroja los guantes al revoltijo de instrumentos, algodones sucios y pedazos de muelas sobre el plato. Mientras la asistenta empaca todo el detritus, él se afloja el naso y le dispara una ráfaga de advertencias posperatorias a la señora. Trémula, incapaz de hablar por las torundas que muerde, logra sin embargo enrollar un billete y deslizarlo en el bolsillo de la camisa de Fabio.

Qué gusto ver otra vez a Ámbar, dónde se ha metido –al fin le tiende la diestra, blanquecina por el talco de los guantes. Yusimí anda loca averiguando, atormentada por la culpa, ¿ella no piensa perdonarla, regresar al apartamento?

Ámbar demora en contestar, ni siquiera le sostiene la mirada. No está aquí por ese asunto; en realidad tampoco tiene una idea clara de por qué ha venido, supone que por los cordales: jamás le brotaron y como –según dicen– son las muelas del juicio, le preocupa que su «locura» se relacione de alguna forma con esa ausencia.

Ámbar es muy ocurrente, y a Fabio le gusta muchísimo conversar con ella. Lástima que al principio se mantuviera siempre callada, como si rehuyese el trato con él y hasta le molestara el que Yusimí le ofrecía. Lo declara con tal jovialidad que no parece un reproche. Por eso ella se rasca la cabeza y sonríe —ademanes de niña pícara que quiere mostrarse arrepentida.

La asistenta, una rubia de tetas empinadas y díscolas que atirantan los ojales y costuras de la estrechísima bata, pide permiso, doctor, ¿puede llamar al paciente de la regularización? Él se vuelve y mira hacia la muchacha, hace como que pondera, luego mira hacia Ámbar, que habla de irse, y él que ahí no molesta, y arrostrando otra vez a la jovencita ordena que llame a la próxima víctima, y le advierte con el índice que un botón se ha salido del ojal y la bata se abre a la altura del busto como una herida hacia las vísceras.

Jack el Destripador. Ahora Ámbar verá cómo Fabio le saca las tripas a la gente por la boca. Jajajá. Sin conmiseración. El chiste tiene el poder de inquietarla. Mueve los pies, compulsiva, y se pasa la mano por el cuello y la nuca. Ha descubierto la razón de su visita. No ha venido hasta aquí, como en algún momento supuso, a reencontrarse con sus perdidas visiones de la infancia.

Fabio punza la desdentada encía del vejete, que se aferra a los brazos del sillón con sus dedos nervudos. Punza varias veces, en diversos puntos, y a Ámbar la excita el brillo de placer que hace aún más verdes los ojos del verdugo a medida que inyecta el anestésico. La sangre del carcamal parece huir de la mucosa; el relieve de la encía y el paladar termina cobrando una repelente blancura de nata.

RED-RUM. RED-RUM. Mientras esgrime el bisturí y le hace un guiño a Ámbar, Fabio grazna RED-RUM-RED-RUM, imitando la voz conminatoria que hostiga y solivianta a Jack Nicholson en *El resplandor*. La rubita permanece de pie; se escruta el malva de las uñas. Él la mira, quizá con intenciones de hundir el perforocortante en su carne; sin embargo es dulce el tono con que le pide ayuda para levantar el labio del tembloroso mártir.

La muchacha apenas cabe entre el sillón y la pared; la bata vuelve a abrírsele y no repara en el hecho. ¿O es que no le importa?

¿Será acaso exactamente lo que quiere? Juntos al fin el asesino y su cómplice a la cabeza del anciano, Fabio coloca el separador de Farabeuf y la asistenta lo hala. Ámbar distingue el corte sesgo donde antaño hubo un colmillo, luego la incisión horizontal, más extensa, hacia atrás, la finísima línea de sangre, la gasa con que el doctor la comprime. Son ágiles y certeras sus maniobras; tanta es su pericia que mientras las ejecuta se permite echar una ojeada al paisaje intramontano de la rubia por el resquicio de la bata, y otra a Ámbar, abierta de piernas en la silla y las sandalias desatadas.

Ni por un segundo Ámbar se ha visto en lujosos carruajes, con atuendos anacrónicos. Ni por un segundo la mirada del Fetiche ha vuelto a proponerle exóticos parajes de novela. Si bien eso la desencanta un poco, siente el alivio de sobreponerse a lo que solo ahora se atreve a llamar con justicia «conato de irrealidad». La entusiasma su nueva visión de Fabio: insospechadamente imperioso y violento. Y la enardece contemplar los músculos de su antebrazo, mínima geografía que desaparece y reaparece según desencaja o encaja el periostótomo entre el hueso y la carne. La exacerban esos movimientos a la vez despiadados y gozosos.

Por eso cruza los muslos. No para impedir cualquier ángulo propicio a la curiosidad de Jack el Destripador o Hannibal Lecter cuando gira otra vez el cuello y pregunta dónde está viviendo. No es pudor, no, lo que hace a Ámbar presionar un muslo contra el otro, sino la sensación de que un ávido ejército de termitas invade su humedal de la entrepierna y ella debe detener el avance. Por eso no responde a la pregunta de Fabio. Apretuja las orillas-telones de un escenario, que se corren torpe e inútilmente: por muy rápida que Ámbar ha sido, la prominente cabeza del actor principal queda fuera, estrangulada por el cortinaje, y las hormigas se enconan con ella.

Que dónde está viviendo, repite Fabio con unas tenazas en la mano. Ella solo atina a balbucir un impreciso «por ahí», y separa ligeramente los muslos sin descruzarlos, con la vana pretensión de que el actorzuelo huya de proscenio hacia algún camerino. El doctor Olazábal la ve sudorosa e intranquila, jajajá, muriéndose de miedo, justo ahora que él iba a ser Corbin Bernsen en el papel del doctor Feinstone, el dentista carnicero. ¿Había visto esa excitante película?

La cabeza y hasta el propio actor, azuzados por el ansia protagónica, se inflaman y robustecen a cada intento por ocultarlos entre telas. Ámbar cede entonces a la voracidad del hormiguero; abre y cierra las cortinas al conjuro de ese ardor, mientras el dentista va fracturando con el Rónyer los bordes residuales del maxilar y depositándolos en el plato. No queda más opción que abrir y cerrar, una vez y otra y más, para que el ardor se trasmute en fuego, el fuego incendie el teatro y la conflagración extermine las termitas.

Por los cuentos que Yusimí le hacía, Fabio imaginaba que Ámbar era más intrépida, jajajá, e irriga con suero fisiológico el colgajo abierto en la encía. ¿Va a decirle por fin dónde está viviendo? Parece que las hormigas le comieron la lengua. El viejo yergue el tronco y escupe la mezcla sanguinolenta. El índice del doctor Olazábal señala el manchón rojo en la bata de la rubia, sobre la teta izquierda. Luego mete la mano en la boca del paciente y con el mismo dedo palpa, examina el hueso. ¿Ámbar se siente mal?

—Me voy pa'l diablo —el anciano aprovecha que el estomatólogo ha cesado sus maniobras y trata de incorporarse.

—Aún falta emparejarle el hueso, mi viejo, y darle los puntos —Fabio lo sujeta delicadamente por el brazo.

—Deje, deje... Prefiero morirme sin las planchas —se defiende el trémulo, aterrado vejete, y hace por zafarse.

Tiene la asistenta que intervenir: estrenando una voz meliflua, arrulladora, compara al viejito con su-abuelo-que-en-pazdescanse: miedosos los dos, pero comprensivos y obedientes. Si ella y el doctor lo que querían era jugar, abuelito lindo: jugar nada más para que no se pusiera nervioso. Y hasta lo besa, y le pasa la mano por la calva.

Capitula el infeliz entre tanto arrumaco, y el Farsante lo ayuda a acostarse otra vez. La rubia, sosteniendo en la eternidad el separador de Farabeuf —como las vampiresas de Leonora Carrington los pitillos por donde absorben la sangre—, le sonríe cómplice a Ámbar, que vuelve a abrirse de muslos, a medias satisfecha.

Fabio es todo silencio y concentración; lima las irregularidades óseas con el melindre que un ebanista pondría en desbastar una pieza de sándalo. Y ni siquiera cuando el vejete se inclina sobre la escupidera para arrojar la mezcolanza de suero y desechos, levanta la vista. Circunspecto rasga el envoltorio de la sutura. Ámbar lo contempla ensartando la aguja comba; quiere que él también la mire:

—En serio, doctor Olazábal; vine a que me revise: estoy sumamente preocupada por el destino de mis muelas del juicio.

Verdes los ojos, la pared, la toalla que cuelga próxima al lavabo y la que tiene sobre el pecho el paciente.

v.

Yusimí no debería hablar tanto. Si a fin de cuentas Ámbar ni la atiende; por elemental cortesía la deja vomitar su batiburrillo de imprecaciones y disculpas, y también porque teme que la muy loca arme un escándalo aquí, al pie de la escalera, y la directora de la Sede las expulse a las dos.

Pero hacerla callar resulta una empresa ardua, y más ardua aún responderle. Inquiere, interroga, impetra; y sin embargo no cede la palabra. Al menos hasta que empieza a jeremiquear y le falta aliento. Entonces Ámbar aprovecha: que esté quedándose en casa de Fabio no significa lo que Yusimí imagina. Él, amistosamente, le tendió una mano cuando supo que para dormir en un aula de la escuela, ella tenía que chupársela al sereno.

¿Ámbar hizo eso? De todo fue siempre capaz, Yusimí lo sabe. ¿O ya no recuerda sus historias de niña? ¿Se olvidó del paralítico que le regalaba comida cuando la hermana se iba para el trabajo? ¿Y del babalao, con sus collares y la grandísima perla, que se untaba miel en la cosa? Si no hubiera aprendido a luchar por la vida con la boca –grande desde pequeña– y las manitas larguiruchas, no habría pasado la Guerra de los Diez Años y mucho menos conocido la Tregua Fecunda del hospicio.

Yusimí es muy sensible al tema, y Ámbar derrocha elocuencia para conmoverla y que apacigüe sus ímpetus. Inventos al fin las historias de comercio sexual, ella puede manipularlas casi artísticamente, graduando su tono entre la ironía y el melodrama. Ha tenido siempre el talento de ensordidecer su biografía y granjearse, de resultas, lástima y prebendas.

Por eso no le extraña que Yusimí le pida encarecidamente, por lo que más Ámbar quiera, por… por… que la perdone. ¿Cómo puede ser tan dura consigo misma? Lo que pasa, carísima Yusi, es que ella, Ámbar Fuentes Milanés, es un monstruo. ¿Acaso no es monstruoso traicionar a la mejor, única amiga, «sacándole los ojos a su novio Chachi, el de la Embajada China y el tai-chi-chuán»? Ha repetido las palabras infamatorias de Yusimí aquella tarde en conversación con el Findingo, y para subrayar la exactitud de la cita mueve dos dedos de cada mano y las entrecomilla virtualmente en el aire.

Por favor, Ámbar, no sea cruel con quien la adora. Yusimí dijo aquello estúpidamente, llevada por los celos, y ni siquiera fue a sus espaldas; sabía muy bien que ella oía todo desde la barbacoa. Ámbar menea la cabeza enfatizando su *voilá*, *okey*, *anjá*: por eso mismo no cree en la simpleza de la explicación. Yusimí probaba el alcance de su autoridad como dueña del apartamento; quería tasar cuánta humillación Ámbar resistiría con tal de quedarse viviendo allí. Y eso le parece más monstruoso que mamársela al sereno, porque bien mirado el asunto, él exigía a las claras un pago por su servicio, y no lo disfrazaba de misericordia o solidaridad para dárselas luego de generoso o pretender de ella una sumisión lacayuna, aun cuando la ofendiese.

¡No puede ser que Ámbar piense así de ella! ¡Por dios, por amor de dios!, ¿cómo es posible? Se lo jura por... —y le toma las manos y queda sin voz, ahogada por las lágrimas. Eso mismo, que cómo era posible, se preguntaba Ámbar mientras escuchaba a su «gran amiga» denigrar contra ella. Que si Plaquetas Bajas, que si ninguna universidad respetable aceptaría en su claustro a una chiflada sexual con facha jipangona... Basta ya de fingir inocencia —se zafa las manos— y hacerse la heroína.

Perdón, perdón, un error lo tiene cualquiera —vuelve a cogerle las manos. Si al final ese estúpido es un engreído, un calientanalgas, un zorro al que le encanta mirarse la cola... Ella se arrepiente, de corazón que se arrepiente. Quien le importa en verdad es Ámbar; a quien quiere y necesita es a Ámbar. Por favor, lo olvide todo, recoja sus cosas y regrese con ella, juntas las dos para siempre.

Pero Ámbar no se arredra; ha debido soportar escenas similares decenas de veces. Por eso hunde el puñal con encono:

—Y para colmo, en vez de buscarme en un sitio más íntimo, te apareces aquí, donde trabajo, con tu histeria calculada y tu show de pésimo gusto, movida por la malsana intención de que nos tomen por una pareja de lesbianas, la directora de la Sede me coja ojeriza, no me renueve el contrato usando cualquier pretexto, y tenga yo que hacer sabrá dios qué cosas para ganarme la vida.

Se suelta de nuevo, y haciéndose a un lado, comienza a subir la escalera pausadamente, evitando que las sandalias suenen. Ni se atreve a volver la vista por miedo a que, como en las películas de terror, el muerto resucite.

–¡Te va a pesar!

No puede creer lo que escucha; el corazón le da un vuelco. Pero Ámbar sigue, se hace la desentendida con el Alien redivivo al final de la secuencia.

–Cuando la piruja esa te deje, no vengas a mí llorando, Ámbar, que esto se acabó, ¿oíste?

De seguro que sí, y el claustro y los alumnos también: acodados en los balcones disfrutan la escena Omnivideo; y la desconcertada Ámbar no atina para dónde ir: si para el aula, si al baño, si...

–¿Lo oíste bien, malagradecida?

VI.

Hace días que Fabio apenas se concentra en las películas; habla a toda hora, como si Yusimí lo hubiera contagiado. Ámbar escucha con cara de arrobo, no ya por la conveniencia de la pose en su condición de refugiada, sino porque en verdad así se siente. Y no es que el Fideo haya acabado gustándole. Abiertamente le confesó aquella misma tarde sus orgasmos en la clínica, y terminó haciéndose llevar a la cama. Pero la violencia del estomatólogo era precaria, acaso fingida: a duras penas conseguía manejar a Ámbar; antes bien sus dedos escuálidos parecían aferrarse a ella como los de una avecilla alirrota que busca en la rama amparo.

Entonces y después han eludido cualquier comentario al respecto. Fabio, sin embargo, insiste una y otra vez, de manera sospechosa, en sus encomios a una mujer cuya identidad no revela, y por supuesto, Ámbar intuye que se trata de ella misma. Curiosamente, según dice, cuando mira a los ojos de la incógnita dama, se descubre alto y robusto, como si la mirada de la susodicha bastara para convertirlo en alguien por completo diferente.

Ámbar echa mano de palabras lancinantes con el propósito de desilusionarlo: espejismo, alucinación compensatoria contra tanta soledad y desacuerdo consigo mismo, juego irónico de su siquis podrida. Por nada del mundo admitiría que a ella le sucede con él algo parecido. Por eso deja último el dardo más útil: infantilismo crónico.

Infantilismo crónico, repite; a ella le pasaba igual cuando niña. Y aprovecha para hablarle sobre Noel, su único amigo en el hogar para niños sin amparo familiar. Con nudos y alfileres, deleznables alforzas y pliegues, inventaba de un basto contur de flores, regias vestiduras para Ámbar, que era una noble polaca, una millonaria inglesa del diecinueve. Él tenía gustos menos anacrónicos; de pequeños tapetes o paños ideaba una mini y un topecito, un conjunto de sombrero, gafas y bikinis. Era Claudia Schiffer, Madonna, una bailarina *striper*. Ambos querían ser lo que no eran, lo que nunca serían. Y aun en las ocasiones en que les resultaba imposible transformarse efectivamente por obra y gracia del ceremonial de los atuendos, uno se veía en los ojos cómplices del otro tal como se soñaban.

Pero ya lo dijo Freud, querido Fabio: hay un principio del placer y un principio de la realidad. Y la realidad es que ella era una guajira pobretona y sin linaje, y Noel todo un varón, con cuerpo, cara y voz masculinas, a pesar de los ademanes y la vocación.

¿No se ha puesto, acaso, Fabio a pensar qué es él en realidad? Yusimí, que tanto dice codiciarlo, no tenía reparos en llamarlo —cariñosamente, claro está— Fideo, Fleje, Findingo...

Fabio se acomoda en la silla con la delicadeza de quien teme le explote bajo los pies una bomba. Luego habla:

—Y también Filiforme, Fraude, Falso Faisán… Pero tengo entendido que no fue Yusimí la autora de los apodos…

Ámbar ni siquiera se ruboriza.

—Eso te ha dicho ella. Como también te hizo creer que aquella tarde, mientras despotricaba de mí, no sabía que yo estaba en la barbacoa. Como te niega también lo del plan en que prácticamente me obligó a participar para darte celos, y su escándalo en la Sede, haciéndose pasar por mi pareja. Si ella es tan cándida y honesta, ¿por qué no te enseña al tal Chachi, a ver, o te dice dónde vive? *Il n'est existe pas, chéri* —y a falta de perlas, oprime las cuentas de acerina.

—No tengo nada en contra tuya; pero tampoco en contra de Yusimí. Disculpo hasta sus mentiras, e igual debieras hacer tú. Te aseguro que está muy arrepentida. ¿Por qué no lo olvidas todo y regresas con ella, eh?

Ámbar oprime los párpados. No quiere mirar a Fabio sin el frac y los zapatos de hebilla, sin el calzón corto y holgado y las medias largas de seda negra. No resistiría ver su pechera sin el botón de brillantes y el chaleco blanco sin la leopoldina. Sabe que con solo abrir los ojos dejará de ser la duquesa victoriana que conversa con el bardo compatriota a la salida del Chickering Hall.

—Conmigo no tienes compromiso alguno, Fabio. Si quieres que me vaya de aquí, puedes decírmelo a las claras; no hace falta que lo sugieras…

—Pero, ¿cómo puedes pensar eso? Todos los días del mundo Yusimí me pide que la ayude a convencerte. Ella te adora. ¿Acaso tú no?

Adorar, querer. ¿Qué significan esas necias, engañosas palabras? Todo el mundo las usa, las repite, con sentidos diferentes y hasta contradictorios.

—Cambiemos de tema, ¿quieres? —y remarca la palabra.

–Es una lástima que malgastes tu inteligencia poniéndote siempre a la defensiva. ¿Nunca te has enamorado?

–Vivo el presente. Y sin el *mañana te veo* y el *ayer me prometiste* no puede surgir ese engendro de la mente.

–¡Qué extraña eres! A veces me pregunto qué podrás sentir por mí.

Ámbar detesta hablar de esas cosas.

–A lo mejor tienes miedo porque piensas que yo...

Ella no piensa nada, ¿de dónde Fabio saca eso?

–Puedes despreocuparte, la que me gusta de verdad-verdad no eres tú...

¡¿Ah, no?! Pues Ámbar espera que no sea Yusimí, porque...

Fabio apenas la deja terminar: dice que lo sabe todo. Ella se asombra. No lo cree. ¿Está seguro?

–Yusimí estaba desesperada; ayer mismo me lo contó.

VII.

¿Qué hará una condesa aquí, en este antro donde ni siquiera se puede conversar? La turba brinca, temblequea, bebe; hacen giros, murumacas, absorben el humo de los cigarros con filtro; juntan las pelvis rotatorias o zigzagueantes, las bocas... ¿Qué hará una baronesa aquí, rodeada de *piercings* y tatuajes, entre tantos yines pelvianos, con su falda larga de bambula de los años ochenta y su abanico dizque de sándalo? La sola comunidad entre ella y la chusma circundante era el pulso de acerina, y en algún sitio entre la barra y el baño lo ha perdido.

La marquesa empina el codo, con ansiedad y avaricia bebe los daiquirís que Fabio le compra: se embriaga. No de otro modo podría estar en la discoteca. Y se levanta la falda y abanica los muslos tal una plebeya. Y mueve inconscientemente los pies y los hombros al compás del reguetón de turno. Se hace un moño, se sube las mangas de la blusa y hasta tararea acodada a la barra los estribillos.

Fabio parece inquieto, da vueltas y más vueltas alrededor de la pista y a la entrada de los baños, como si buscara a alguien. Menos mal que, al regreso, llena siempre el vaso de Ámbar. Lo que se dice un sábado insulso, aburrido. Hasta que el negrón, de bandana roja y argollas de oro, la invita a bailar salsa: el último éxito de Marc Anthony.

¿Qué hará una duquesa consintiendo a este pichón de liberto ceñirle el talle con una de sus manazas y colocar la otra palma contra la delicada, blanquísima de ella? ¿Cómo una dama de su alcurnia se entrega a esos brazotes de mandinga para que la enlacen y desenlacen, envuelvan y desenvuelvan, igual a un títere o una marioneta?

—Ella no vale nada —opina Yusimí. Acaba de llegar, casi una hora más tarde que lo acordado con Fabio.

—Hablando así no vas a conseguir lo que quieres.

—Borracha y negrera como es —masculla; y aunque Fabio no discierne los sonidos, por el mohín despreciativo colige que se trata de una injuria.

—No sé cómo puedes, Yusimí. Es bien sórdido eso de pensar mal de alguien y quererlo tanto.

—Ella no sirve —lo dice alto, y hace otra mueca—. No debí venir.

El DJ pasa de Marc Anthony a la Charanga Habanera, y Ámbar se enrola en una inmensa rueda de casino en el centro de la pista.

—Y no le da pena… Es un foco en ese palenque.

Ámbar, sin embargo, está feliz. Semejante a un exorcismo, el despliegue de energía la hace sentir alígera, sin lastres. Ni una sola idea gravita en su mente; se deja, muy lacia, atravesar por las sensaciones. Los vertiginosos giros, la fuerza y voluptuosidad con que es rechazada por un hombre y acogida por el siguiente, lo profuso de la transpiración, le devuelven la conciencia pura y bienhechora de su cuerpo.

Ahora podría bailar cualquier ritmo, aun cuando no supiese los pasos elementales. Ahora sería capaz de copular con este y el otro y aquel negros, hasta que el dolor y el cansancio la venzan. Ahora querría perder todas las facultades que la hacen humana, limitarse a la simpleza de la vida animal más primaria, reactiva exclusivamente a estímulos físicos. Ser cuerpo nada más, membrana, secreción, cavidad en que toda la materia punzante viniese a rendir labor.

Tal vez por eso Ámbar no se acuerda, no sabe quién es la rubia de las trencitas multicolores y el collar de huesecillos que la saluda, muy efusiva, y le presenta a un hermoso mulato (diz que el novio), que a su vez es amigo (qué dice amigo, hermano) de Mauro, el negrón de la bandana. Al fin Ámbar la reconoce, ¡sí, claro que sí, vaya mente! Verdad que es ella misma, la asistenta, parece otra con ese peinado... Fabio anda por aquí, ¿sabía?, fue quien embulló a Ámbar a venir...

A la rubia, con las tetas al desgaire en una blusita mínima, le parece todo un milagro el doctor en la discoteca. A él, por el contrario, le resulta poco menos que decepcionante la autoridad de propietario con que el mulatico besa o muerde o lame por detrás la nuca de ella, y la agarra con ambos brazos y la aprieta y atrae y le soba con las palmas y los dedos el abdomen.

Fabio le contaría a Yusimí que es precisamente la rubia la mujer que él quiere, ella —y no otra— de quien le ha hablado. Pero la vergüenza lo detiene; mucho más cuando Yusimí la llama putica vulgar, casi encuera, segurito-segurito es como Ámbar, otra cualquierona...

Que Ámbar no vaya a decir nada, *Mai-a-hii*, pero a la rubia Fabio le fascina, *Ma-ia-huu*, está loca por que él le diga algo, *Ma-ia-hoo*, y nada. Ámbar apenas escucha lo que la asistenta casi le grita al oído, *Ma-ia-haa*, y agarradas del brazo avanzan por entre la multitud de bailadores, entusiasmados con Ozone.

Nervioso, Fabio les brinda de su daiquirí. Ámbar, de repente contrariada por la presencia de Yusimí, ni siquiera la saluda. «La dueña de las películas», la presenta Fabio, y queda un instante en vilo, sopesando las palabras con que ha de referirse a la rubia:
—La muchacha de la que hablo tanto.
Estimulada por la frase, *Dar sa stii nu-ti cer nimic*, la asistenta se aproxima aún más al doctor y lo besa largamente en la boca. Ámbar aplaude, da saltos, canta *Vrei sa pleci dar nu ma, nu ma iei*. Él pregunta por el mulatico, *Nu ma, nu ma iei*, que en medio de la pista, *Nu ma, nu ma, nu ma iei*, conversa con el negrón de la bandana, *Chipul tau si dragostea din tei*, y mira insistente hacia ella. La rubia suelta una carcajada y lo besa otra vez:
—Es un amigo; quiere darle celos al novio, que anda con un yuma, y yo estaba haciéndole la pala... —con la mano los convida a acercarse.
Sin pronunciar una sílaba, maquinalmente, Yusimí saluda a los recién llegados con un movimiento de cabeza. Ámbar hala por un codo al negrón y lo conmina a bailar allí mismo. No sabe lo que baila, *Vrei sa pleci dar nu ma, nu ma iei*, se deja llevar por lo que siente, *Nu ma, nu ma iei*, y lo que siente es brincar, brincar, brincar, *Nu ma, nu ma, nu ma iei*, mover a diestra y siniestra los brazos en alto. ¿Cómo dijo él que se llamaba? *Chipul tau si dragostea din tei*. Mauro, qué bien, genial. Mauro significaba indomable en el idioma de los fenicios. ¿Sabe él lo que quiere decir indomable? Ámbar deja de saltar y se le pega. Si de verdad él lleva el nombre bien puesto, tendrá que demostrárselo, hacerla sentir en Mauritania, la tierra de los mauros, *Alo, iubirea mea, sunt eu, fericirea*. ¿Verdad, papi, que él va a coronarla reina de Mauritania?
Es más de lo que Yusimí puede tolerar. Fabio ni se atreve a preguntarle adónde va, *Alo, alo*, muy molesta y apurada, y tampoco se halla de ánimo: no tiene tiempo más que para su muchacha.

VIII.

Yusimí no debería hablar tanto, hacerse tan poco favor. Si lo de Mauro dura solo una semana, es algo que a ella no le incumbe. Ámbar prefiere la calle, las terminales de ómnibus, la intemperie, a seguir eclipsándose a la sombra de Yusimí.

Y no llore, coño. Suficientes lágrimas tuvo Ámbar que tragarse en estos años, y a nadie se quejó y nadie lo supo nunca. En cambio ella, Yusimí, ¿qué hizo cuando la obra de teatro con Fabio salió mal? Irse de lengua. Y si al menos hubiera contado la verdad monda y lironda, pero ni siquiera: transformó la historia de manera que Ámbar fuese el monstruo y ella la heroína.

No, cariño, ¡qué van a ser complejos! Si ha seguido dando clases en el Cotorro como si nada, a pesar del escándalo y las rumoraciones del claustro y los alumnos. Y la directora de la Sede se portó tan pero tan civilizada y exquisita, que a Ámbar le pareció contraproducente y hasta grosero rebatir la idea que se había hecho de su lesbianismo.

La de los graves complejos y la bochornosa inconsecuencia es Yusimí. Ha vivido fingiendo gusto por los hombres, actuando el melodrama de la malquerida con el latiguillo de que es una mujer ultrasensible y absolutamente espiritual. ¿Y las veces que se acostó con Ámbar lo hizo sin el cuerpo? ¿De dónde provenían los gritos de placer entonces? ¿Acaso del espíritu?

Yusimí no debería hablar tanto; ya es hora de que hable ella, Ámbar. Porque en realidad siempre estuvo callada; escondía sus verdaderos pensamientos tras el humo de las frases altisonantes y los visillos de la ironía. ¿Cómo se atreve Yusimí a decir que la quiere con el alma? Querer con el alma Ámbar, que se entregó a ella sin importarle que fuese mujer, almiquí o murciélago. Querer con el alma Ámbar, que nunca antes había confiado en nadie, y solo en ella confió. ¿O ya no recuerda los comienzos?

Por favor, Yusimí, mantenga la distancia. Cero manitas y no haga esos pucheros ridículos. ¿Pero es que no entiende? ¿En qué idioma hay que hablarle a la políglota? Ya le dijo que es tarde. Hace mucho tiempo que se le hizo tarde. Ámbar simulaba porque no tenía adónde ir, le seguía el juego hasta ver cuánta tensión soportaba la cuerda. Pero ya el temor acabó. Ahora es libre de arriesgarse y seguir sus propios impulsos.

Culpa. Culpa. ¿A qué viene esa estúpida pregunta? La culpa es de Yusimí toda. ¿Oyó bien? TO-DA. Hay cosas que nadie puede resolver por una, cariño; y si Yusimí fue demasiado cobarde, demasiado mezquina como para no entregarse de corazón a lo que sentía, de ella y solo de ella es la falta.

Se calle. Le jura que si no cierra el pico… Embustera como es y retorcida. Si Yusimí le recordaba todo el tiempo la obra humanitaria, misericordiosa, que había protagonizado trayéndola a vivir a su casa. Si Yusimí se aparecía con ortopédicos, anestesistas, camilleros, a tomar té hasta las mil y quinientas de la madrugada, y luego despertaba a Ámbar para contarle lo mucho que aquellos peleles la atraían. ¿Qué clase de amor es ese? ¿Qué cosa abyecta, anodina, supone Yusimí que Ámbar es?

A ella le gustan los negros, sí, ¿y qué? Como le gustan los blancos. Y los cascos azules de la ONU. Y los militantes del Partido Verde. Como le gustan los helados de almendra y los pulsos, los espaguetis con atún y pasear por el Malecón cuando hace frío. Pero Yusimí era Yusimí, muchísimo más que un gusto, una frivolidad, un mero placer. Yusimí había sido la esperanza de redención, el sueño de un verdadero hogar, de un espacio como un útero donde el aire fuese un regalo, no un préstamo.

Por favor se vaya, se pierda de su vista. Puta será ella; no hay peor prostitución que traicionarse, hacer lo contrario de lo que realmente una quiere. Todas esas historias del paralítico y el babalao eran inventadas, socomemierda, INVENTADAS. Quiere hacerse la lista, y no es más que una idiota. Ámbar las inventó para atormentarla. ¿Acaso Yusimí no pensaba de «su amiga» lo peor? ¿Cuántas veces la acusó de estar con ella por la necesidad de un techo y un plato de comida? Pues si Ámbar era prostituta, mejor que lo fuera desde niña; así se convertía en un atributo más esencial, y el dolor que Yusimí le causaba con la infame acusación, ella se lo retribuía acrecentado por las dudas y las sospechas.

Claro que Yusimí está en su derecho. Sí, por supuesto que sí. Si hasta Pinochet y Stalin y Posada Carriles. Todo lo que quiera, cariño. Puede argüir, reclamar, oponerse... todos los sinónimos de Saínz de Robles y los demás que se le antojen a ella en cualesquiera de sus idiomas. Pero ahí está la puerta. Esto no es un Tribunal ni una Mesa Redonda y mucho menos una Asamblea de Rendición de Cuentas...

¡Qué casualidad tan grande! Esto no se da dos veces. De asambleas hablando, y aparece el Presidente, el dueño de los caballitos: Fabio Olazábal. Ámbar la deja con él; tiene que recoger algunas cosas para la mudanza, y a fin de cuentas, entre ellas dos no queda nada por conversar. *Bye, bye!*

IX.

Mientras Fabio amontona en el recogedor los pedazos de búcaro dispersos por doquier, Ámbar llora. Él trata de calmarla con un repertorio de frases socorridas que ella ni atiende. Llora por la violencia del desenlace, porque le ha dolido embestir a Yusimí con una sombrilla para quitársela de encima. Llora por la forma humillante en que Fabio y ella tuvieron que expulsarla, casi a rastras, como a una loca.

Él pensará que Ámbar es una villana, que carece de sentimientos; pero en verdad ella quiere mucho a Yusimí. Cuesta decirlo, no crea;

sin embargo necesita hacerlo, al menos que Fabio —alguien— lo sepa. Es como si le hubiesen extirpado un órgano enfermo y tratara de mirarlo fríamente sobre la bandeja del quirófano, igual al cirujano, y no lo consiguiese. Es ser médico y paciente a la vez, la confusión, no distinguir entre la nostalgia por la pérdida y la alegría por la cura.

—No estabas obligada, Ámbar. Tal vez puedas...

—Tenía que hacerlo; de eso estoy segura, y no me arrepiento. Lo que pasa es que...

De nuevo el llanto, las inútiles maniobras de consuelo. Hasta que a Fabio se le ocurre comprar ron en el apartamento de los bajos. Cuando sube con su Havana Club, Ámbar está más serena, secándose la nariz y los ojos. Descorchan la botella.

—Bueno, ¿y tu muchacha? ¿Sigues teniendo esas visiones maravillosas?

—Me hacen mucho bien, ¿sabes? Cuando me miro en el espejo hasta me parece que es cierto, que soy más alto, más fuerte.

—¿No habrás visto ese truco en algún peliculón argentino?

La sonrisa que logra arrancarle a Fabio es plena. Se ve tan feliz y ella se siente tan cómoda, que le dan ganas de franquearse. ¿Y si le dijera que, bromas y burlas aparte, Ámbar cree en la realidad de esas visiones? ¿Y si le dijera que, precisamente gracias a él, volvió a tener las suyas, las de siempre? Que fue aquella tarde, jugando cartas los dos, cuando las redescubrió por vez primera en muchos años. Que sin apenas confesárselo a sí misma fue a la clínica a reencontrarse con ellas. Que durante las semanas que ha vivido con él no la han abandonado un instante.

Fabio baja la cabeza, avergonzado quizá y temeroso de lo que Ámbar alcance a ver en sus ojos. La yergue a seguidas y bebe un trago antes de hablar:

—Aparte de las películas, yo iba al apartamento de ustedes tratando de colármele a cualquiera de las dos. Soy tímido pero muy curioso, y quería probar, saber cómo era el sexo con una lesbiana.

—¿Y cómo sabías que éramos?

—Hasta el Down de la esquina lo da por seguro. A ti te dicen el Rollo y a Yusimí la Película.

Ámbar tiene que reírse. A carcajadas. ¿Pero él no le habrá contado eso a Yusimí, verdad? Porque si ella se entera de que su secreto es de dominio público, y que además le han puesto un nombrete, es capaz de permutar, irse del barrio. No, Ámbar, qué va: Yusimí nunca le dio esa confianza; siempre hablaba de Ámbar como de una gran amiga, muy importante para ella. Y cuando por fin le reveló a Fabio lo que había, estaba desesperada, pidiendo ayuda, y esos comentarios no venían al caso.

—Fue cuando me engañaste, hachepé, haciéndome ir a esa discoteca para encontrarme con ella —y con las manos cerradas le golpea suavemente el pecho.

—¿De qué te quejas? Gracias al plan mío y de Yusimí cazaste al Mauro.

Un plan bien tonto, por cierto. Ámbar inclina la cabeza hacia atrás y vierte aparatosamente el ron de su vaso en el mismísimo gaznate. ¿A quién se le ocurre solucionar un problema así en una discoteca? Se levanta con la botella en la mano, y al pie del multimueble, aunque tardía, ofrenda su cuota de alcohol a los santos y espíritus tutelares. Luego enciende el equipo de música. ¿Le apetece a Fabio oír a Joaquín Sabina?

Magnífica idea, Ámbar, y también jugar cartas. Se quita los zapatos, las medias, y así descalzo se hunde en la penumbra del pasillo. Cuando retorna con el mazo de naipes no encuentra a Ámbar. La llama. Ella responde desde el otro cuarto y emerge desnuda, cubierta solo por la sábana que sus manos aprisionan a la altura del busto.

—¿Sabrías inventarme un atuendo regio como hacía mi amigo Noel?

Fabio se le acerca por detrás, toma las puntas de la sábana, hace un nudo sobre la nuca. Ámbar no lo dejó terminar su confesión:

la historia de que él se veía por completo cambiado, diferente, en los ojos de la rubia, era —es— eso: una historia. Por boca de Yusimí supo de Ámbar y Noel, de la extraña fantasía, y quiso congraciarse, impresionarla, ideando una parecida.

—¿Entonces la rubia? —Ámbar se voltea sorprendida, su cara bien próxima a la de Fabio.

—La quiero, me gusta, pero sin visiones.

—Mejor para ti —gira otra vez, la expresión demudada, y enrumba hacia el sofá—. Las visiones son dañinas, no hacen ninguna falta. ¿Barajas tú o barajo yo?

Con el índice la señala, y ella empieza a mover los naipes. Él se sienta en una silla al frente y la contempla, inclinada sobre la pequeña mesa de acrílico transparente. El blanco de la sábana y la palidez de Ámbar se entreveran y confunden; en blancura tal los cardenales del cuello y los brazos resaltan, parecen mayores, más oscuros. Ella se da cuenta, y poniendo a un lado el bulto de cartas, lleva las manos a la nuca. Sus dedos desatan muy despacio la sábana, que cae sobre los muslos. Da la impresión de que el torso es un campo donde florecen, mustias y lívidas, corolas de sangre:

—¿Podremos ser amigos?

Echado hacia delante, Fabio alcanza a tocar uno de los hematomas, encima del ombligo. Lo acaricia unos segundos, como si comprobara su realidad o tratase de imaginar el ardor que lo produjo.

—Creo que sí.

Ámbar vuelve a anudarse la sábana. Tiene los ojos aguados. Propone un brindis.

Engracia quiere ser máster...

Pero el empaque de los tres jueces calvos, el hecho de que no se movían —ni siquiera pestañeaban y tampoco se les notaba la respiración—, le daría mala espina. Las actividades didácticas que la tesis propone —empezaría el calvo de la verruga en la frente, casi sin abrir la boca, como si le costase mucho pronunciar los elogios— son signo de una altísima maestría pedagógica, descuellan por su rigurosa y sabia articulación, amén de la gracia, la ingeniosidad... Pudiera decirse que resulta un trabajo sobresaliente... —Y de pronto el ventrílocuo separaría desmesuradamente los labios y alzaría la voz, a punto de que las prótesis se le zafaran de las encías—. Si no fuera porque la maestrante ha copiado y pegado las actividades de otra tesis. ¡El colmo del desparpajo, la falta de ética y el irrespeto!

Engracia dejaría de escuchar. Observaría a los miembros del Comité Académico mover las bocas, levantar las cejas, señalarla con los dedos, pero no distinguiría los sonidos. Las bocas, las cejas, los dedos irían entremezclándose vertiginosamente con la oquedad de su cuarto, las sillas inservibles de la sala, las losas agrietadas del baño...

Querría defenderse, gritar que es víctima de una trampa, una venganza; que ella necesita, tiene que ser máster, como los demás, como todo el mundo; que merece los ochenta pesos a fin de mes, un clóset de madera para colgar los percheros y doblar las sábanas y los blúmeres, unos muebles tapizados que no rasguen o deshilen la ropa de las visitas...

Pero quedaría boquiabierta. Boquiabierta y muda. Y ya ni siquiera vería a los jueces, sus caras, sus gestos, sino la imagen de la gorda, la doctora Cachita, que mirándola por encima de los espejuelos, empezaría a reír y a reír, los ojos aguados, divirtiéndose de lo lindo.

Engracia también quiere ser máster. No para hacerse la del ringo-rango: que si la máster Engracia esto, que si la máster Engracia lo otro. Cuanto ceba su codicia por el título es, exclusivamente, los ochenta pesos mensuales.

Si abre una cuenta de ahorro con ese dinerito, en diez años podría construir el clóset de su cuarto. O tal vez espere hasta los quince y compre dos butacas y un sofá tapizados de damasco para la sala. A lo mejor la paciencia le alcanza un quinquenio más y consigue restaurar la cocina o el baño: uno de los dos, porque los dos juntos requerirían un lustro adicional, un cuarto de siglo en total… Para esa fecha, de seguro, los gusanos se la comieron completica. Porque Engracia no es una niña. Lo que su piel es muy agradecida, y no se le notan los cuarenta ni los estragos del lupus.

A la doctora Cachita tampoco se le notan la edad y los achaques. ¿Qué será lo que quiere comprarse que trabaja tanto después de jubilada? ¿Derretirá su dineral en comida? La gente rumora que lo hace para comerse a Rupe, el marido, un mulato blanconazo que fue noviecito de Engracia cuando estaban en la secundaria.

Lo cierto es que la doctora tiene más de setenta sobre las costillas y no se separa un minuto de la computadora. Lo mismo redacta tesis de diploma universitarios que de maestría. No importa si son de comunicación social, pedagogía, estudios socioculturales, epidemiología… La gorda es un cerebro; se hizo doctora en Ciencias Filológicas en la Unión Soviética, en los tiempos en que había que pulirla para llegar a licenciado.

Sin descanso ni para alimentarse, Cachita clama por el mulatón si el hambre la pica: Rupe, tráeme unas galletas con mantequilla;

Rupe, un vasito de leche, por favor; Rupe, las tostadas… Y allá va el susodicho, bandeja en mano, sin demora. Ella sigue la charla con el cliente de turno o mantiene la vista fija en la pantalla; no mira al esposo ni le habla, ni siquiera cuando, antes de retirarse, él se inclina y le da un beso en la cabeza llena de trencitas.

Hay hasta quien dice que es Rupe el que la peina…

Engracia pensó que Rupe no se acordaría de ella (por mucho que se conserve, dejó de usar el espeldrún, ha bajado de peso…). Sin embargo, apenas se dio cuenta de que ella estaba en la cola, le fue para arriba con besos y abrazos. No podía creerlo, qué bien la veía, qué había sido de su vida, cómo era posible que vivieran en el mismo pueblo y nunca…

La doctora tuvo que desviar la atención de la computadora por la algarabía. Miró a Engracia por encima de los espejuelos, igual al técnico de vectores medio cegato que se topa una larva de *Aedes aegypti* y se alarma tanto que le da por cerciorarse con sus propios ojos del descubrimiento, el muy tonto. Bajó demasiado la cabeza y los espejuelos cayeron al piso. Rupe, por favor, trinó Cachita, imposibilitada de doblarse o agacharse, y el pobre tuvo que recogerlos.

Uno de los cristales se hizo añicos. Qué torpeza, qué torpeza, dijo dos veces la doctora, pero sus palabras no sonaban a queja o molestia. Hablaba así siempre, como si tuviera el azúcar baja, como el que está a punto de desmayarse. Habrá que procurar unos nuevos con la niña, dijo en el mismo tono y pidió a Rupe que trajera los de repuesto. Indiscutiblemente la doctora Cachita es una negra finísima; se comenta que, además de español y ruso, sabe inglés, francés… un montón de idiomas, y que al principio de la relación entre *la niña* –su hija– y el italiano, les servía de traductora.

La tremenda pena que sintió Engracia le dio por balancearse en el sillón. Y de inmediato las demás mujeres que esperaban comenzaron a hacer lo mismo. Aquello parecía la capilla de una funeraria, y entonces sí que Engracia casi se muere de la vergüenza. Paró en seco el sillón. La doctora volvió a clavarle la mirada mientras se ponía los otros espejuelos. Rupe se había evaporado.

–Supongo que lo suyo es una maestría. –La reparó otra vez de arriba abajo cuando le tocó el turno.

–Sí.

–¿Ciencias de la Educación, no? –Comenzó a buscar algo en el escritorio sin esperar respuesta.

–Anjá.

–Observe el listado de temas que puedo desarrollar en esa materia –indicó con el dedo el documento recién abierto.

Era una ristra, casi tres páginas. La doctora iba, poco a poco, señalando los temas con el cursor. Pero difícilmente alguien podría concentrarse en la lectura si al mismo tiempo le hablaban de tarifas, servicios, facilidades, plazos, garantías, deberes y derechos del cliente...

–Le recomiendo el trabajo con los valores. La sola mención de esa palabra hará que el Comité Académico apruebe el tema. –Detuvo el cursor en mitad del documento–. Elija la asignatura que prefiera; aquí tengo los Programas de todas para cualquier nivel de enseñanza. –Y señaló hacia un estante–. ¿Cuál es su nivel?

–Soy maestra primaria.

–¿En qué sentido? –por primera vez sonrió la muy zorra.

–No entiendo su pregunta.

–Primaria significa que está primero; también que es principal, esencial; y además, quiere decir rudimentaria, corriente, grosera, de poca monta...

El tono de su voz seguía idéntico, pero algo en la expresión de la cara daba idea de burla. Engracia estuvo a punto de soltar un disparate… Sin embargo guardó silencio, por aquello de que quería ser máster y tener los ochenta pesos adicionales a fin de mes.

—Para evitar esa ambigüedad le sugiero decir maestra *de* primaria —añadió, acentuando la *de*—. Verá como armo un novedoso y fascinante conjunto *de* actividades didácticas —y volvió a enfatizar la *de*—. Usted solo debe decidir la asignatura y el grado.

Escogió matemáticas de cuarto grado, una de las más difíciles, por demostrarle que no era tan bruta, y ajustaron el negocio en mil pesos. La doctora registró el nombre y dirección de Engracia en una libreta y le dio cita para recoger el proyecto de tesis dentro de una semana.

—¿Y usted de dónde conoce a mi esposo? —preguntó antes de entregarle la tarjeta donde había escrito la fecha y la hora del rencuentro.

¡Conque eso era lo que tenía indispuesta a la doctora! Ahora que Engracia había calado en su debilidad, la haría sufrir un poquito. Confesó la verdad, fingiendo que lo hacía de mala gana, y le pidió guardar el secreto: seguro que a Rupe le disgustaban esos comadreos.

—Además, lo nuestro fue lindísimo. Pero una bobería, cosas de adolescentes… —remató a la doctora.

Aunque estaba convencida de haber afincado un buen aguijonazo a la doctora, una y otra vez venían a la mente de Engracia las insinuaciones humillantes de Cachita, y sentía que la picadura del alacrán no la había envenenado tanto como merecía.

La semana entera buscó en libros y gavetas, entre cientos de fotos antiguas, una donde Rupe y ella posaban casi desnudos, abrazados a la orilla de la playa. Poco antes de irse a entrenar a La Habana, a la escuela de clavados, él se la había regalado. Una imagen en blanco y negro, hecha al minuto por un fotógrafo ambulante.

Al fin halló la foto, y se puso a contemplarla, gozando por anticipado la reacción de la doctora cuando la viera. Pero la belleza de Rupe era superior a cualquier goce; no se cansaba de mirarlo. Y de pronto, fruto de un violento contraste, se sorprendió intentando imaginar qué harían Rupe y la gorda en cueros, cómo se las arreglaban aquellos cuerpos discordantes hasta lo grotesco. Tan imposible le era a Engracia figurarse a la pareja, que en lugar de la gorda empezó a verse ella, con su piel algo reseca, está bien, con sus senos menos empinados, es verdad, pero con la gracia intacta de sus curvas. Luego ella misma desaparecía y solo quedaba él otra vez, dueño absoluto de la película.

Siempre había sido un macho hermoso, más hermoso aun porque a lo grande, lo fuerte, lo saludable, sumaba su alegría faciloja, su seguridad de que escamparía para llegar a tiempo a la fiesta o de que podría salvar a la niña que se ahogaba en la poceta… Y estaban sus manos, sus dedos. Después de él nadie tocó los muslos y tetas de Engracia con aquella demora, nadie se restregó contra su vientre con igual suavidad. Claro, todo era por encima de la ropa.

¡Pensar que estuvo casi un año con un macho así y él ni siquiera se atrevió a enseñársela y ella muchísimo menos a aprendérsela! Engracia nunca fue en ese terreno como la doctora, con una larga lista de amantes y hasta una hija sin padre conocido. Quizá por eso, por su experiencia sexual rudimentaria y corriente, de poca monta, no lograba imaginar las relaciones íntimas entre Rupe y la gorda.

Aquellas ideas terminaron deprimiéndola. Al llegar el momento de la cita, se sintió sin ánimos para una venganza que a esas alturas creía inútil y ridícula. La puerta de la casa estaba cerrada. Revisó la tarjeta escrita por la doctora, miró el reloj: restaban un par de minutos para la hora convenida. Dudó si tocar, pero lo hizo. Tardaban tanto en responder que casi se marcha. Rupe fue quien abrió, en chores y camiseta, las pasas húmedas, con la risa de oreja a oreja, los abrazos y los besos.

–No pienses que Cacha se olvidó de lo tuyo. Por más que nos apuramos...

–Nos dio por apaciguar la sofoquina –afloró la gorda, también en chores y camiseta, todas sus carnes al aire, frotándose los codos con crema–. Discúlpenos.

–Les hago un café rapidito, mientras el palo va y viene –se brindó Rupe y salió chancleteando rumbo a la cocina.

La gorda se echó a reír (muy comedida, claro está). Engracia supuso que fingía. Pero cuando vio sus ojos aguados, comprendió que se estaba divirtiendo de lo lindo.

–Ay, señora... –habló por fin la doctora–, ¿me dijo que se llamaba...?

–Engracia.

–Disculpe, Engracia, es que a mí me cae *en gracia* la palabra *palo*. ¡Cuántas frases ingeniosas con ella!: a palo seco, a medio palo, estar detrás del palo, echar un palo... ¿Sabe por qué se dice *echar un palo*?

Engracia quedó de una pieza. Mucha finura y mucha azúcar baja, pero la doctora –bien lo rumoraban– era una bandida. De armas tomar. Se caía de la mata que había urdido lo del baño para hacerlo coincidir con la hora de la cita. Todo fue un paripé, deseosa de restregar en la cara de Engracia su magnífica vida en pareja. Y no bastándole, arpía como era, ahora intentaba sacar lascas envenenadas de aquel dicho. Pero el tiro le saldría por la culata, ¿qué podía importarle a Engracia que el príncipe Eric y la bruja Úrsula tuvieran sexo bajo la ducha a las cinco de la tarde? Ya llegaría la hora de la Sirenita... Aquellas extravagantes comparaciones la envalentonaron:

–No sé. Con echarlo me basta.

—Esa es una idea muy primaria, en el sentido de rudimentaria, corriente...

—¿De poca monta? —la interrumpió Engracia.

—Exacto. Veo que aprende... —Y se quedó unos segundos como aturdida por el contragolpe—. Sentémonos mientras está el café; quiero explicarle algo.

No había acomodado su nalgatorio en el sillón y volvía a la contienda:

—En los ingenios de Cuba colonial se usó leña como combustible. Los negros esclavos iban al monte a recoger y amontonar maderos, leños, palos idóneos para ese fin. Supongo que enloquecían de júbilo cuando el mayoral los mandaba. ¿Sabe por qué, Engracia? Aprovechaban la ocasión para fornicar en la floresta. De ahí que *echar un palo* se convirtió en una manera oblicua, muy ocurrente, de referirse al acto sexual. ¿Qué le parece?

—Interesante, pero no me hace falta para echar uno bueno.

—Pues yo imagino que soy una esclava, y que Rupe es otro esclavo. Veo los árboles, los herbazales. Me parece que la cama no es la cama sino un claro en el bosque. Siento picores de hormigas y alimañas en el cuerpo. Otras veces lo hacemos de pie, apurados, con miedo por que llegue el mayoral de pronto y nos sorprenda... Así fue hoy. Sus golpes en la puerta, Engracia, eran como azotes. Cuando Rupe me secaba la espalda, sentía el ardor.

La gorda la dejó muda. ¿Era una loca, una pervertida, o inventaba todo aquello para acomplejarla?

En eso Rupe trajo el café. Engracia tuvo deseos de mencionar a los esclavos recolectores, que se enterara del descaro con que la gorda alardeaba de sus fantasías sexuales. Hasta pensó en sacar la foto. Pero, a fin de cuentas, quería ser máster y estaba allí porque ni la materia gris ni el tiempo le alcanzaban para escribir la tesis. No se dejaría provocar más; apenas tomara el café, pediría el proyecto y se largaría por donde vino.

Sin embargo Rupe arrancó a hablar. Que el otro día había conversado con Cacha sobre la tremenda pena que le daba habérsela dejado en la uña a Engracia. Que el entrenamiento se las traía; tuvo que fajarse día y noche contra los vicios técnicos que arrastraba por la mala preparación en el pueblo. Que lo dejaban salir de la escuela solo dos o tres veces al año y se enamoró allí mismo, algo normal en tales circunstancias.

¿A qué venía ese discurso después de tanto tiempo y delante de la doctora? ¿Qué le hacía suponer al muy engreído que Engracia le guardaba rencor y necesitaba sus disculpas? Apocada, no alzaba la vista del piso; contaba los mosaicos, las figuritas rojas y negras.

—Cacha me prometió llevarte bien. Una rebajita del cincuenta por ciento —oyó que dijo, y plantó un beso en la mano de la gorda.

Engracia se negó. Rupe no entendía por qué, mira que eres boba, muchacha, y ella que no y él que sí, se ahorrara ese dinero, y ella qué va, de ninguna manera, ese es el trabajo de la doctora y tiene su precio. La gorda intervino para aclarar que escribir una tesis no tenía precio; si fuese a cobrar lo que valía, el negocio se iba a pique, perdería los clientes.

—Es más, haré gratis la tesis —concluyó, y se advertía, aunque apañado, el dejo de molestia.

—Pero… —quiso Engracia impedir una humillación más grande.

—Es la condición que pongo. Usted decida.

En efecto, la insistencia de Rupe había subido el nivel de azúcar en sangre de la doctora. Entonces, sin medir las consecuencias —porque es orgullosa, cabecidura, vengativa—, Engracia aprovechó la ventaja:

—Si no hay más remedio… —se hizo la de la humildad y el agradecimiento—. Pero no pueden rechazar este regalo. —Y les extendió la foto—. Un recuerdo así tampoco tiene precio.

Mientras esperaba el veredicto del Comité Académico sobre el proyecto de tesis, Rupe no se le quitaba de la cabeza. Y no solo porque recordara su forma de pararse, de abrir las piernas en el sillón, las manos anchas, la carne abundante bajo la camiseta estricta..., sino porque la angustiaba suponerlo cómplice en el juego de la doctora.

Uno tras otro repasaba los actos de Rupe. La había recibido con naturalidad y alegría; aquel montón de besos y abrazos parecía real, libre de toda sospecha, igual que el pronto de hacer café. Estaban, sin embargo, los comentarios y justificaciones sobre el final del noviazgo; ese no era asunto para dilucidar en público, mucho más porque Engracia y él nunca lo hicieron en privado, y ni siquiera lo merecía.

A lo mejor Rupe no entendía de ese modo trivial lo sucedido y se sintió culpable de verdad... Aunque si hubiera sido así, fingió bastante bien; mencionaba los motivos de la ruptura como ingredientes de una receta de cocina. Liviano, sin tristeza. Quizá se vengaba por la confidencia de Engracia a la doctora. ¿O Cachita había, previamente, exigido esos pormenores a Rupe y para confirmarlos hizo que los recalcara en presencia de ambas?

Por otra parte, la contentura de él parecía sincera cuando anunció la rebaja, como verdadero su interés en que ella aceptase. Y la expresión le cambió al notar la rabieta disimulada de la doctora... A pesar de las dudas, algo le decía a Engracia que Rupe había actuado limpiamente y la bruja manipulaba la situación por su cuenta.

Ya en esta parte del drama que su mente fabricaba, Rupe tenía el papel de víctima. A Engracia le daba lástima que la necesidad lo hubiera arrojado en las garras de la doctora. Debió ser muy difícil su regreso al pueblo: la carrera fracasada, los años encima, los padres muertos, sin un quilo en el bolsillo... Aunque nadie sabía a ciencia cierta lo que había ocurrido, se rumoró bastante. De un día para otro Rupe desapareció del equipo Cuba, dejó de salir en las noticias. Comentaban que vivía en otro país, que se había casado en La Habana... Y de pronto, ¡fuácata!, cayó aquí. Tanto saltar para morir clavado en la orilla.

Entonces era como si el golpe de Rupe la despertase de la bobería: ¿qué hacía en vela a las cuatro de la madrugada atormentándose con aquellas diapositivas? Qué va, tenía que cambiar de PowerPoint. Lo de ella no era Rupe, ni la vida sexual de la gorda. Lo de ella era el clóset para el cuarto, los muebles de la sala, la cuenta de ahorro. Tenía que ser máster y llevarse bien con la doctora. Si se negaba a escribir la tesis, estaba frita.

Pero cuando el Comité Académico dio su visto bueno al proyecto y le asignó un tutor, en vez de acudir a la doctora, Engracia quiso ver a Rupe. Averiguó que corría en el estadio entre las seis y la siete de la noche, todos los días. Y allá fue. Sudado y jadeante como estaba la apretujó toda y la besó. Ella casi no distinguía ciertos detalles de su cuerpo, por la oscuridad del terreno, pero los adivinaba. O los inventaba.

—Me quedé preocupada, pensando que a lo mejor tu esposa tomaba a mal la foto... —empezó a lo loco. El pecho se le agitaba igual que cuando seguía por televisión los saltos de Rupe en la plataforma.

—Mira que tú eres boba. Cacha es un banquete, Engracia.

Y se hizo un silencio abrupto, pesaroso.

—¿Y tú qué? ¿Cómo supiste que estaba aquí? —preguntó Rupe, quizá para salvar el engorro.

—No hay quien me quite de la cabeza que le caigo mal. Viste como se puso cuando insististe en la rebaja.

—¡Pero si fue idea de ella! Se le ocurrió apenas le dije que habías sido noviecita mía, y que eras tremenda buena gente: tú y tus padres... ¿Se te murieron, eh?

No respondió. Le interesaba un comino la pregunta, el diálogo. La oscuridad y el olor a sucio que emanaba de Rupe le hacían imaginar a un par de negros esclavos en un claro de monte.

—Cacha se puso brava porque interpretó tu rechazo como un desaire —aclaró él.

—¿Es verdad que, mientras ustedes tiemplan, hacen las veces de esclavos?

Rupe no pudo aguantar la risa.

—Dime si es verdad —volvió a la carga, y le tomó una mano.

—A veces somos esclavos, a veces artistas de circo, dueños de una granja... —Y se zafó.

—No entiendo cómo te da risa que ande por ahí contando cosas íntimas.

—Cacha es lo más grande, Engracia. Una tipa sin complejos, sin miedo a lo que piense la gente.

—Eso crees tú. Es mucha la diferencia entre ustedes dos, la edad, la gordura...

—¿Y qué?

El tono rudo, casi retador, la hizo sentir ridícula, arrepentida. Decidió que un giro insulso, extemporáneo, conseguiría tal vez disimular su orgullo maltrecho:

—Aprobaron el proyecto. Mañana voy por allá.

—Cacha se va a alegrar —dijo, reseco, y salió caminando.

Para evitar a Rupe llegó a casa de la doctora a las seis y media de la tarde. Ya la gorda sabía que el Comité Académico había aceptado el proyecto. Engracia empezó a sudar frío, temiendo que Rupe le hubiera revelado lo demás. Cuando le dijo el nombre del tutor, Cachita puso el grito en el cielo (a su forma, se entiende). Menos mal que Engracia había apelado a los servicios de ella; el tal Evelio Montaña nunca atendía a los maestrantes bajo su tutela, siempre andaba perdido. Y no precisamente en la montaña, Engracia, como podría sugerir el apellido. La doctora estaba al tanto porque había escrito alrededor de veinte tesis cuyas tutorías se las adjudicaba el susodicho. Se rumoraba que era vendedor ambulante, ¿sería cierto? Se preguntaba en qué tiempo, con qué ánimos, preparaba e impartía clases ese señor, en qué tiempo revisaba las tesis, redactaba los informes para el tribunal...

La doctora hablaba de carretilla y movía insistentemente las piernas. Engracia aprovechó la pausa después de *tribunal* para informarle que Montaña, en efecto, no se apeaba de la bicicleta, calle arriba y calle abajo, proponiendo tartaletas, bizcochos, pasteles... Daba pena, doctora; un señor mayor que para ganarse unos quilos más tuviera que sacrificarse de ese modo. Hacía años que su esposa había caído en una depresión muy fuerte, ni se levantaba de la cama, y una mujer se la cuidaba por dinero.

Cachita parecía no atender la explicación. Seguía abriendo y cerrando las piernas, la mirada como en otra parte. Engracia calló, a la espera.

—Discúlpeme, Engracia, es que estoy muy desconcentrada... Es decir, estoy muy concentrada en algo distinto de lo que estamos conversando. Esta noche Rupe hará de Julio Antonio Mella y yo de Tina Modotti. Es un reto para mí, como usted supondrá. Porque Rupe es cien veces más buen mozo que Mella, pero yo... la Modotti... figúrese.

Trató de atajarla suave, pacíficamente, con pose de señora recatada que detesta los comentarios sobre sexo:

—No me cuente esas cosas, doctora...

—¿Y por qué no? Entre nosotras hay intimidad; la que engendra el hecho de gustarnos el mismo hombre.

Sospechando que Rupe le había ido con el cuento, Engracia se defendió:

—Eso es mentira de Rupe; no crea nada que él le diga.

—¿Es que hay algo que Rupe deba decirme?

Terminaría delatándose si continuaba jugando con las fichas que la doctora barajaba.

—Ay, doctora, yo no quiero problemas. No me interesa la vida de ustedes. Lo único importante para mí es hacerme máster.

—Pero ser máster no va a quitarle las ganas. Míreme a mí, que soy doctora, y cada día tengo más.

Engracia se paró. Era la única forma de acabar aquel peligroso y enrevesado interrogatorio.

—Dígame cuándo puedo volver, doctora. Lo mío es la tesis, graduarme, los ochenta pesos... —insistió, muerta de miedo por que rechazara su trabajo a estas alturas.

La doctora se quedó mirándola: fue como pasar por un escáner más lento y minucioso que el primer día. Todo esto lo soportó, y también, una vez más, la sonrisa de superioridad y desprecio.

—En quince días más o menos —dijo al cabo—. Tengo en mente unas actividades soberbias, exquisitas, que van a dejarte boquiabierta.

Engracia apenas podía calmar la sensación de temor y acoso. Juzgaba tan raro que la doctora la hubiese tuteado... Mientras más repetía en alta voz sus palabras, tratando de imitar el timbre, las inflexiones, las pausas, de penetrar en el sentido último de aquel *soberbias*, de aquel *exquisitas*, más sospechaba la doblez. Y cuando llegaba al *van a dejarte boquiabierta*, no alcanzaba a interpretar sino amenaza.

¿Pero qué maldad fraguaba la doctora? En un primer momento, Engracia supuso que la gorda, con pretextos disímiles, dilataría una y otra vez la entrega del trabajo, y hasta podría suceder que el plazo del Comité Académico venciera y se relegara indefinidamente la discusión de la tesis. En el peor de los casos, Engracia nunca lograría hacerse máster.

Vislumbrada esta posibilidad extrema, la figuración de otra vileza aun mayor empezó a hostigarla: ¿y si la doctora copiaba y pegaba las actividades de una de tantas tesis que había escrito? El plagio sería detectado de inmediato y Engracia perdería, automáticamente, el derecho al título.

Las actividades didácticas –diría el presidente del Comité Académico– descollaban por su rigor y sabiduría, sin contar la gracia, la ingeniosidad... Hubiera podido decirse que eran sobresalientes... –Y de pronto alzaría la voz, a punto de que las prótesis se le salieran de la boca–. Si no fuera porque la maestrante las había copiado de otra tesis. ¡El colmo del desparpajo, la falta de ética y el irrespeto!

Engracia imaginaba todo. Y tenía que levantarse de la cama, quitarse la ropa, pararse frente al ventilador para que el súbito acaloramiento no la ahogara. Avergonzada delante de aquellos señores eminentes, querrá defenderse, gritar que es víctima de una trampa, una venganza; que ella también necesita, tiene que ser máster, como los demás, como todo el mundo; que merece un clóset de madera para colgar los percheros y doblar las sábanas y los blúmeres, unos muebles tapizados de damasco que no rasguen o deshilen la ropa de las visitas...

Pero a aquellos tres calvos que han soportado durante años todas las penurias –que, de hecho, siguen malviviendo en la más absoluta de las miserias, y aun así investigan, investigan, ¿qué coño investigan?, obtienen premios en el evento no sé cuál, en el fórum de sabrá dios qué–, las explicaciones de Engracia iban a parecerles mezquinas, indignantes. Y ella quedaría muda. Ya ni siquiera verá a los jueces, sus caras, sus gestos, sino la imagen de la gorda en su mente, que la mirará por encima de los espejuelos. La doctora Cachita con los ojos aguados, muerta de la risa, burlándose de ella: una negra esclava sola, completamente sola, que busca leña en medio del bosque.

En ese punto de la pesadilla, Engracia estaba ya bajo la ducha, impotente para detener la sofoquina, como diría la doctora. Y se lamentaba, claro que se lamentaba. Por la tontería de la foto, por la estupidez de ir al encuentro de Rupe en el estadio. Rupe: ese hombre pusilánime, anodino. O Rupe: ese hombre taimado, impostor. O Rupe: ese hombre hechizado y feliz. Engracia no sabía qué atributos dispensarle. Ni falta que hacía. Rupe era hombre muerto para ella, jamás debió ceder al capricho de revivirlo.

Él mismo fue quien la recibió cuando Engracia fue a recoger la tesis. La sonrisa de siempre, idénticos besos y abrazos. La misma capilla de funeraria. Lo único que había cambiado –aparentemente– era la doctora: las trenzas recogidas en un moño grueso y muy levantado, que dejaba al descubierto sus minúsculos zarcillos de oro. En las manos, sendas copas.

–Vino de pasas –aclaró, ofreciendo una copa a Engracia–. Tenemos que celebrar por el trabajo terminado.

La pobre Engracia no sabía si alegrarse; las palabras de la doctora descartaban las maniobras dilatorias como método de tortura, pero hacían crecer la probabilidad de una venganza más radical.

–Exquisito –opinó la doctora después del primer sorbo–. Pero el trabajo lo es más, mucho más.

Engracia ni bebía ni hablaba. Y Cachita parecía ignorar su actitud retraída; le bastaba el monólogo:

–A propósito de la palabra *trabajo*, debo confesar que me diste muchísimo *trabajo*. No por la tesis, no, qué va... Fantasear que yo era tú mientras hacía el amor con Rupe. Admito que te había subestimado. Pero al saber que ustedes pasaron tanto tiempo juntos sin siquiera... Pensar que esa pareja de esclavos iba al monte y no recogía ni un solo palo para la molienda del ingenio, me dejó estupefacta. Jamás concebí tamaña insubordinación. Tal vez más provocadora que todas las mías reunidas. Figúrate tú, ¡un verdadero boicot contra la zafra!... Pero –y hago esta pregunta de esclava a esclava–, ¿de verdad no te quedaste con las ganas?

Cabizbaja, Engracia estaba a punto de llorar.

—Tómate el vino, muchacha; se va a calentar. Y dame la memoria para copiarte el texto.

Sola en la capilla, Engracia se enjugó dos lagrimones con una manga de la blusa. ¡Cuánta humillación por ochenta pesos al mes! Debería romper la copa y cantarle las cuarenta a la doctora. Pero cuando Cachita regresó, todavía Engracia tenía la copa llena. La vació de una sentada y cogió la memoria.

—¿Y si una semana antes de la discusión el Comité Académico te cita de urgencia? Por algo muy grave. Digamos que yo te hubiera copiado las actividades didácticas de una de las tesis que he hecho… ¿Te imaginas? —acometió de nuevo al abrir la puerta.

Claro que lo imaginaba. No hacía más que imaginarlo. El empaque de los jueces, la diatriba del presidente, los dedos acusadores, su vano deseo de defenderse, la visión de la gorda muerta de la risa.

—Has perdido el color… Veo que imaginas. Pero pierde cuidado, Engracia. Eso sería demasiado previsible, muy poco creativo. No me subestimes.

Engracia casi corría. Odiaba suponer que la gorda, desde el umbral, la espiaba por encima de los espejuelos. Rebasada la curva, se detuvo y dio curso libre al llanto. No paraba de imaginar.

El cuento menos apropiado

Martín ha dicho al joven montero que vende un par de estribos. Finge buscarlos en el rancho de tejas, y a viva voz maldice a Emérita por cambiar todas las cosas de sitio. Roldán se reclina muelle, el codo contra la banqueta y un pie sobre la reja que bordea la terraza donde almuerzan los jornaleros.

Cuando Martín sale, algo como un susto retiene el escupitajo en la punta de su lengua. Queda parado, oprimiendo el tabaco entre los dientes mientras contempla a Roldán, que se ha abierto la camisa y abanica el pecho con el sombrero. Acaba por tragar la saliva.

—Habrá que registrar en la casa o esperar a que Emérita venga —dice, aunque sabe que la esposa tarda—. Mira lo que hallé —ufano y circunspecto a la vez, extiende la revista de carátula brillosa.

—Un pellejo —balbuce Roldán, cariacontecido.

—De relajo les decían en mi tiempo —repone Martín y bota el puro, que una horda de gallinas se apresura erróneamente a picotear.

Con autoridad de señor que pisa en sus dominios se adentra en la casa. Abre y cierra puertas, escaparates, armarios. Arrastra la mesita de noche. Zarandea y entrechoca objetos para crear la impresión de una búsqueda mediante el fragor. Al cabo, grita que ni rastro de los dichosos estribos, y el otro no contesta. Martín piensa que es el momento de volver a la terraza.

—Usté... —murmura Roldán, encubriendo con la propia revista la erección.

–¿No te da pena? –Martín sabe que mostrarse adusto, fraguar una tensión y luego desvanecerla, resulta eficaz la mayoría de las veces.

Roldán mantiene gacha la vista, el anguloso mentón casi hundido en el relieve pectoral. Martín apenas resiste los impulsos de quitarse la cadena del cuello, hacer que el oro acaricie, magnifique la tersura que emerge por la brecha en la camisa del montero.

–Usté se manda mal, caballo. No hay mujer que aguante eso una noche entera –la ruda mano palmea el hombro en señal de pésame y consuelo. Viendo que el apocamiento del joven persiste, Martín toma asiento a su diestra: Deje la pena, que usté es como un hijo. Le voy a hacer un cuento.

Los cuentos de Martín varían según la naturaleza del oyente y la atmósfera previa a la narración. Esta tarde elige relatar lo que sucedió entre el Chévere y el aguacatero, modificando a conveniencia el sexo del protagonista.

Es por eso que en la casa a medio construir donde ocurre la historia no está el Chévere, sino una mujer. Bellísima, por supuesto, y «así» (Martín mueve los brazos para esbozar la consabida guitarra en el aire). Ella se asoma a la ventana del cuarto justo mientras el hombre trepa a la mata de aguacate del patio colindante. Lo mira y vuelve a mirar, se le antoja apetecible.

–Por cierto, ahora que detallo bien, el tipo se da un aire a ti.

Roldán no repara demasiado en la frase; alivia su pudor aprestándose a la seducción de la anécdota para encontrar en ella un cobijo. Lo importante no es el hombre sino la mujer; ni siquiera la mujer, sino el momento en que los ojos de ambos se entrecrucen.

En la indiferencia del montero hacia la comparación, Martín reconoce la ansiedad propia de los oyentes que exigen al narrador ir al grano. Toda sutileza constituye para ellos un obstáculo que salvan desechándolo, y el trabajo de Martín –que es, en rigor, un crescendo de visualizaciones, forzado a pormenores y analogías–, se torna más difícil entonces.

—A ver, Roldán, a que no adivinas lo que hace ella...

—No sé... Llamarlo, buscar conversación.

Qué va, muchacho, no le pusieron al Chévere ese nombre por gusto. Se aventuró a algo más sorprendente, digno de un cuento.

—Qué va, compadre, la jeba fue más dura: se encueró, y así encuerita se tendió a cantar, patiabierta en la cama.

La cama está frente a la ventana, y la ventana frente al aguacate. Martín ve todo sin cerrar los ojos: la sábana rutila y el cuerpo del Chévere se enciende. Mientras entona la melodía, impaciente mueve un pie y se contempla, gustoso de tanto fulgor. Martín ve también la trama de grietas en la corteza del árbol, la grisura del liquen, los curujeyes. Y al hombre. Sobre todo al hombre que busca la voz que canta, equilibrándose en el ramaje con las piernas atentas, el pecho al aire.

El Chévere nunca revela la identidad de sus personajes y Martín debe inventarlas. Hoy, simplemente, suplanta: Roldán será el aguacatero.

—A ver, a ver, a que no adivinas lo que hace ella cuando se da cuenta de que el tipo la está enfocando...

—Ahora sí lo llama, le hace una seña.

Qué va, Roldán, el Chévere es más exquisito; por eso a Martín le fascinan sus cuentos, y siempre acaba reproduciéndolos.

—Qué va, compadre, aquel tronco de hembra empezó a manosearse...

Martín distingue la mano nervuda deslizarse por entre los muslos, proporcional la delicadeza a la intensidad, a semejanza de quien bruñera un espejo. Observa al Chévere acomodarse al borde de la cama y subir las piernas. La excesiva blancura de las nalgas y la verruga minúscula. Los círculos, arabescos de la palma ensalivada contra ese otro espejo. La trayectoria del dedo por el costurón perineal hasta el anillo.

—Y la jeba ahí y ahí, dándose jan, y el tipo, ya tú sabes, muerto en vida.

—¿Y qué más?

Martín no advierte el tono cauteloso del joven ni su cara repentinamente descompuesta. Incapaz de sofrenar la avalancha de imágenes, atisba al aguacatero sacándosela de los pantalones —es enorme, y resplandece al sol como la cáscara del fruto que oscila contra su antebrazo, al compás del movimiento que la vehemencia de Roldán le imprime.

Ya no divisa al Chévere; es él mismo quien tiembla sobre la sábana, los dedos hundidos. Son de Martín los ojos, y de Roldán el surtidor espeso que miran brotar, precipitarse, colgar un instante de las hojas antes de caer a tierra.

—¿Qué más tiene que decirme, Martín? —tan serio, casi iracundo, que el excitado narrador no comprende.

—Que el tipo le cogió el gusto a treparse a la mata y... —vibrantes la voz y la mano, Martín hace por coger la revista, aún en el regazo del montero.

—Yo soy un hombre, Martín —Roldán se para y la deja caer—. Y eso es mentira del Chévere.

—¿El Chévere? ¿De qué tú hablas, muchacho?

—Que fue una sola vez. Esa vez. Después no fue más.

Atónito Martín, sigue con la vista a Roldán hasta que monta en el caballo.

ÁNGELES Y LA MUDA

1.

Escupe. Ángeles escupe mientras bordea con negro el gris de los adoquines. Más que una calleja, la ruta de manchas da la impresión de un muro, algo que se yergue. Y aun para concluir esto habría que usar toda la benevolencia de la imaginación.

Sentada sobre el piso, el bastidor contra la pared, Ángeles pinta, escupe, toma té. Una acción sucede a la otra, se atropellan, maquinales y perentorias, como dictadas por espasmos.

Odia lo que hace. Después de la callejuela vendrán la iglesia, la casona colonial y tres negritos con maracas y helados en una esquina. Todo yuxtapuesto, sin volumen ni profundidad. Escupe. Ni siquiera un rostro cierto para las criaturas, a quienes goza atribuyéndoles una extraña vocación circense o una graciosa esquizofrenia, a juzgar por la impunidad con que en sus manitas confluyen el instrumento musical y el refrigerio. Toma té. Las caras son toscos redondeles donde solo se distingue la boca en media luna y la pincelada argentina de los dientes. Así las copia. Ángeles copia mientras escupe, y viceversa.

Los encargos de antes eran más atractivos. El Trampa abría el catálogo con pinturas de Mario Carreño y encima de la mesa prestidigitaba: la gorda, totalmente en cueros, de la página tal, caía sembrada y vestida en el centro de la composición de la página más cual, pero en vez de las nubes que allí se amontonaban, por el horizonte despejado emergía el sol, como en un tercer óleo que el mago barajaba.

Aquellas permutaciones salvaban su faena de la pura mímesis. Cambiar la indumentaria original de las figuras, sus poses o el entorno, requería de una pericia técnica cuyo despliegue incentivaba a Ángeles y de cierto modo la enorgullecía. El Trampa se las ingeniaba para vender los cuadros como si fuesen imitaciones hechas a mitad de siglo, y por cada uno le pagaba treinta dólares, justo lo que ella y Rocío debían desembolsar mensualmente para el alquiler.

Pero se agotó el negocio, y hela aquí reproduciendo pintura naif, ella, Ángeles Valdés Achón, graduada *cum laude* de la Academia y un nombre tan eufónico, merecedor de otro, más encumbrado destino. Hela aquí, entre adoquines planos y esbozos de negritos, mientras toma té y escupe.

II.

Lo de Ángeles es manía. Patiabierta sobre las raíces de un framboyán en la avenida, con gafas y cara de gánster, sigue escupiendo. Desde que Rocío se fue, baja todas las tardes los veinte pisos del Titanic, compra una cajetilla de cigarros y viene hasta aquí. A fumar y a coger aire, como polizón que goza las bondades del puerto.

Al frente, a la sombra de otro árbol, se ve a la muda, piernas cruzadas y expresión deletérea. Claro que Ángeles aún ignora que no habla, solo puede contemplar su cuerpecito de nínfula nabokoviana, bien elocuente bajo el atuendo, color mamoncillo muy pálido.

Lo que le falta en palabras le sobra a la jovencita en inspiración. De golpe se levanta y cruza la calle; mete la mano en su bolso de cuero, saca un frasco y se lo extiende. La pintora supone que es una merolica y rehúsa moviendo la mano con fastidio. La otra insiste; sus largas uñas —cuyo esmalte hará más tarde recordar a Ángeles sabrosas mandarinas de la infancia— percuten sobre la etiqueta, invitando a que lea. Está en inglés, pero se entiende que son cápsulas expectorantes.

¿Todavía no cae en la cuenta? La muda se palmea con énfasis la hoyuela, abre los ojos en la pantomima de un ahogo, y sus dedos como del Greco apuntan hacia ella. Después señala los salivazos en la acera, y Ángeles sonríe: no atina a explicar la historia, su pasión adolescente por el básquet, días enteros en la cancha, queriendo parecerse a Cheryll Miller, superestrella de la WNBA que soltaba escupitajos todo el tiempo.

«Estoy bien, gracias, es vicio que tengo», dice, y es ahora la muchacha quien a todas luces no comprende; persiste en ofrecer la medicina mientras aúlla o bala o muge, sabrá dios el nombre de los hipidos que emite. Viéndola en tan lastimoso paroxismo, acepta el regalo. Pero la muda continúa gesticulando: lleva el índice a la ceja, la palma al corazón, hace murumacas de árbitro o *breakdancer* con la diestra, sobre la mejilla traza un arabesco. Ángeles se queda en blanco, y la otra vuelve a apuntarla, mueve la mano arriba y abajo varias veces en amplias oscilaciones. Al fin interpreta: sí, ella es pintora, se adivina por las manchas de óleo en la ropa y los dedos.

Masculla el argumento, la avergüenza de pronto su apariencia, la desidia tras la ruptura con Rocío. Ahora que lo piensa, es incapaz de asegurar cuántos días hace que no se baña. De reojo echa un vistazo a la pelambre de las piernas y si contiene el impulso de olerse las axilas es porque la nínfula no da margen. Ángeles se siente oso, mofeta, cualquier mamífero pestilente.

Mucho más cuando escudriña a la patética oradora, afanada en la jerigonza sin subtítulos ni *closed caption*, y descubre el durazno en su piel, mandarinas en las uñas, el mamoncillo en la falda y la blusa de hilo. A medida que la contempla y va transfigurándole el cuerpo en cornucopia de frutas y zumos, imagina que su propia animalidad se recrudece. Ángeles sucia, Ángeles descalza (*te van a salir cascos, niña, en los pies y las rodillas*), Ángeles que no espera guayabas, mangos ni ciruelas, trepa a las matas y allí mismo, a horcajadas entre el ramaje –simio, australopiteco, fierecilla–, las devora.

Anjá, a todo responde *anjá* la muy zorra. *Jonjojíon*, chilla la muda, empeñada en desarrollar una idea, *jíonjonjo*, al parecer muy ardua. Y ella, bisílaba, hace como que descifra y además concuerda. De seguro que la otra se percata del ardid y también finge. ¿Sabe que el aire superpone el mamoncillo al durazno y el durazno se trasluce? ¿Intuirá la salvaje devoción que le merecen a Ángeles las frutas? *Janjijai* –diserta–, *janyanja*, y siéndole imposible traducirse, *anjá*, se deja, *anjá*, al menos traslucir.

Ángeles no tarda en invitarla a su camarote del Titanic.

III.

Lo de Titanic es obra de Pachulí, y lo de Pachulí, ponzoña de sus detractores en la facultad de Artes y Letras, por cuyas aulas y pasillos anduvo un quinquenio diseminando el exótico aroma.

Pachulí vivía en el Cerro profundo con tatarabuelos, sobrinos y varios padrastros. Aquella mescolanza de generaciones y parentescos –«todo un fenómeno antropológico», a su pomposo decir–, le impedía avanzar en su libro de cuentos, y emprendió la aventura de los alquileres. Después de unos cuantos llegó aquí. Al comprobar la decadencia del célebre edificio, de los más imponentes otrora en la ciudad, auguró su inexorable hundimiento y lo bautizó.

Cosas como estas narra Ángeles sin importarle acaso que la muda entienda. Le habla de que Rocío y Pachulí no hacen buenas migas, son muy teatrales, y no hay peor cuña que... Mientras idea un pincel más fino con cerdas que arranca de otro, confiesa que el filólogo le fascina y le ha hecho un retrato. La muda contempla absorta la pieza, quizá ponderando el uso exclusivo de azules y blancos, o la púrpura impronta de los mismísimos labios del modelo embadurnados con óleo, justo donde Ángeles debió pintar la boca.

Le gusta; a todo lo que muestra o habla la anfitriona, la huésped hace gestos de agrado. Hasta cuando Ángeles relata el intento suicida de Pachulí, dándose cabezazos contra la pared en medio de un mal viaje con marihuana...

Lleva casi dos semanas en el Titanic, y cansada al parecer de la negligencia con que la pintora atendía sus conatos de comunicación al principio, la muda ha enmudecido y se limita a estar de acuerdo.

Si Ángeles se niega a clonar —así grita— más réplicas del cuadro naif y manda al Trampa a la mierda, aun a riesgo de quedar sin pincha, ella, Lolita —así le puso—, está de acuerdo. Y si Ángeles dice de agasajar al cuarto inquilino con una botella de ron por su cumpleaños, también aprueba, aunque deban esperar hasta medianoche, hora a que siempre arriba Nuestro Hombre en el Titanic.

(Nuestro Hombre en el Titanic lo llama Ángeles, y le palmea el hombro siempre, siempre le sonríe. Es un tipo chévere, licenciado en Historia y traficante de libros, el único que maneja plata en el camarote y puede prestar si, como ahora, ella se tira los trastos con el Trampa.)

La pintora ha llegado a pensar si Lolita será una palestina, porque eso de la total conformidad es propio de asambleas y situaciones donde los unánimes ganan algo, inmunidad al menos para seguir tras bambalinas haciendo cada quien lo suyo. ¿Lo de Lolita sería garantizar el hospedaje?

Le ha preguntado decenas de veces de dónde rayos venía o cayó, el nombre, la edad que tiene. Una mañana extendió sobre la mesa un mapa de Cuba y fue indicando uno por uno los municipios orientales. Pero Lolita volvía con que sí, bien, bien, la mano tocándose la boca, la cara de nenita frente al pastel. ¿Sería monga?

Solo cuando llegan de noche a la cama (es un decir, porque a la muda le encanta variar el cronotopo), las aprensiones de Ángeles se esfuman. Parecerá cosa de novela, pero Lolita la tiene subyugada. Y esto de subyugada es casi literal: la nínfula es quien lleva la batuta, y los tambores también, las trompetas y demás; hasta la voz cantante, a pesar de la mudez. Lolita sopla, cimbra, percute, y Ángeles se deja.

Si Rocío la viese quedaría perpleja. Tantos años rogando, exigiendo hacer lo mismo, y Ángeles en sus trece: no podía mirarle allí, no soportaba que le anduvieran allá, ni con el dedo ni con la lengua ni... Lo cierto es que mientras una pedía inútilmente, la otra sin pedir conseguía.

A veces recuerda a Rocío y se pone triste, aunque Lolita ande zangoloteándose de lo más pizpireta de la cocina a la sala y de la sala a la cocina, con la Charanga Habanera a todo lo que da, atenta al potaje, al *eso nadie me lo va a quitar, eso nadie me lo quita*, y al ensimismamiento de la pintora frente al lienzo.

Ángeles escupe. Se ha rebelado contra la mediocridad de reproducir adoquines planos y esbozos de negritos, ha defendido su derecho a una pintura libre, personal, auténtica, y hela aquí, sentada sobre el piso, escupiendo. Ni una sola idea feliz; nada trascendente o novedoso o al menos dignamente resuelto.

Acaso Lolita se da cuenta, se agacha por detrás y la acaricia. Ángeles quisiera hablar, hablar, hablar tanto: la historia con Rocío, guajiritas las dos, apenas quinceañeras; el miedo de que, arrepentida como tantas veces, en cualquier momento reaparezca; las ganas de telefonear al Trampa e implorarle otro encargo salvador, de callejuelas o pedraplenes, de negritos, mohicanos o lo que fuera.

Está a punto de llorar y escupe; se levanta, apaga la grabadora y escupe: enfrenta a la muda. Qué coño le pasa que no habla. La pregunta es bien impropia y se apura a corregirla: por qué demonios no chilla o gime o grazna: por qué no hace el intento de explicar algo, con las manos, con los pies, con el hígado.

Los verdes ojazos de Lolita semejan vidrios refractarios; mira a la otra como quien mira a lo lejos, sin el ansia de distinguir. Luego abre el cuaderno en que Ángeles acumula estudios y bocetos, toma el lápiz, garabatea. ¿No bastándole ser muda, es pintora además? ¿Quién rayos le dio permiso para coger sus papeles? Cuando se le encima, presta a rescatarlos, la nínfula hace señas de que espere.

Anuncios de neón, edificios, un parque: retazos de una ciudad deshabitada, como de atrezo, que la línea insegura va contorneando con lentitud. Al revés e ingrávido, todo pende por sobre la figura, que debe ser Lolita aunque no se parecen.

Una imagen totalmente ingenua, desprovista de gracia, y para colmo, deja sin respuesta la inquietud de Ángeles, que permanece con los brazos en jarras, casi desafiante. La jovencita vuelve a pedir que espere y pasa la hoja. Dibuja idéntico paisaje, pero la mujer es ahora quien flota, invertida contra lo demás.

¿Qué quiere decir? ¿Que el mundo está contra Lolita o Lolita contra el mundo? Solo eso faltaba: ¡una muda retórica!, filósofa de clichés y cuento chino. Ángeles no cree en ese consuelo engañoso para justificar la desgracia o el fracaso. En este mundo loco *everything and everybody* andan patas arriba, y si la suerte no viene por la libreta, hay que lucharla duramente bajo la piñata. Así que le sugiere cambiar de *comic*, pintar uno para mayores de dieciséis.

Anonadada por la refriega, Lolita ni pestañea; Ángeles escupe, baja del Titanic a comprar cigarros, la deja por incorregible.

IV.

La extraña. Primero, cuando descubrió que se había marchado, tuvo miedo de un robo; después, tras una ojeada sumaria al camarote, sintió alivio: festín erótico aparte, la incomunicación de Lolita la abrumaba. Pero al cabo de una semana a solas, sin encargos del Trampa ni dinero para cines o fiestas, sin Rocío ni Pachulí ni oportunidad alguna de conversar, salvo los diez o quince minutos que Nuestro Hombre en el Titanic le concedía al llegar por las madrugadas, ha empezado a necesitarla.

A diario revisa el par de dibujos, se pregunta si la muda procuraba trasmitir una idea diferente de la que ella interpretó; lamenta haber sido mordaz, chocarrera. Cada tarde, al pie del framboyán, aguarda con la ilusión de que reaparezca.

Antenoche tuvo una pesadilla: deseaba despertar y no podía, Lolita estaba a su lado y Ángeles hacía esfuerzos por pedirle ayuda; aunque la voz era potente y desgarradora, algo la abismaba, y la muchacha no oía. Cuando consiguió abrir los ojos, trémula de espanto, conjeturó si la otra, incapaz de explicar lo que sentía o pensaba, viviría sumida en semejante horror.

Anoche soñó que hacían el amor y en algún momento se confundía con ella. Ángeles era Lolita, Lolita se deslizaba sobre Lolita, se abría de piernas entre las piernas de ella misma, como espejos que se arañaban o bruñían. De pronto Ángeles quiso ser Ángeles, corroborar que el cuerpo le pertenecía. Sintió que gritaba, y aunque no veía a Ángeles, la supo cerca. No escuchaba sin embargo, ni acudía; todo era Lolita, ella, tragándose su propio grito.

Para rematar, apenas amanece, Pachulí irrumpe en el Titanic, la cara aún con huellas de la sesión de autocabezazos. Sus ojos, casi fuera de las órbitas, escrutan en ansioso zigzag el camarote, mientras perora sobre iluminaciones trascendentes y siquiatras anodinos. Está loquito el pobre, piensa ella, pero le da alegría su visita.

La persigue hasta el baño diciendo que usará aquella experiencia en provecho de la literatura. Sentada en el inodoro, lo mira y asiente. ¿Ángeles terminará como la muda? Se acabaron los alquileres, su familia acondicionó una habitación para él solo, al fin podrá escribir el libro. Ella se pregunta cómo habrá sucedido el milagro: ¿la madre de Pachulí abjuró de la poligamia?, ¿los carcamales habían muerto, los habían aceptado en el asilo?...

«Todo un fenómeno filantrópico», jaranea él, y la pintora sonríe, cuelga la toalla, se pone los chores. El visitante ha hecho un alto en el monólogo y ella puede articular, oírse la voz, reconocerla, anunciando la ruptura con Rocío. Tras el *pero no me digas* de sorpresa y regocijo, Pachulí pide que le cuente los detalles.

Ángeles se acomoda alrededor de la mesa, y en vez de hablar sobre Rocío, es Lolita quien le viene a la lengua. Entusiasmado por tantas y tan excelentes noticias, Pachulí se mantiene de pie, inquieto: si demora un poco más en visitar a su Ángel, se entera de que ya andaba por la Bienal de Venecia y en luna de miel con alguna cuatrera del MOMA o Sotheby's.

Pero a medida que el relato de la amiga avanza, el júbilo del oyente se va disolviendo, cesan sus jocosas interrupciones. Entre alarmado y presa de angustia, detalla los dibujos de Lolita, indaga por el resto. Como Ángeles niega que existan más, recomienda buscarlos en cachivaches y rinconeras. Ahora sí es verdad que lo de Pachulí, pobrecito, no tiene remedio.

Pareciera que el delirante arqueólogo –imbuido en su exploración de la cocina– ha escuchado lo que Ángeles opina, porque empieza a disertar acerca de la verdad. La verdad está en el silencio, es anterior al lenguaje, enemiga suya. La verdad es sencillez, inspiración, gracia. La verdad esto, la verdad aquello, ¿de qué coño verdad, Pachulí, puede alguien hablarle a ella? –y por supuesto, escupe–.

«¡Bingo! ¡Bingo!», exclama él, enarbolando el dibujo descubierto. Es una mata de arroz que, agigantada e inverosímil, permite figuraciones dentro de sus granos en forma de óvalos. Dos seres a la vera de un árbol, una mujer sentada rectamente sobre una piedra, un niño de espaldas mirando el vuelo de un ave como de cartón, más grande que el mismo horizonte. Una veintena de imágenes y en el extremo izquierdo una hoz. «Si esta es la verdad, vaya el arte al carajo», masculla la pintora.

Pachulí no pierde tiempo en controversias; eufórico, a medio correr, enrumba hacia el dormitorio y prosigue la requisa. Más que rechazo por la torpe, rudimentaria composición, la curiosidad embarga a Ángeles, un vago temor que apacigua imaginando casual el hallazgo.

Vanos alicientes. El desenterrador exhuma varias hojas: del bolsillo de un *blazer* que Rocío dejó, del reverso de un afiche con Jodie Foster al rape, del interior de unos zapatos de tacón que el Trampa le regaló hace años, cuando la pretendía...

Hay obviamente un misterio, y ella recaba una explicación. Ni Pachulí mismo alcanza a comprender... Ha sido pura intuición... Da vueltas y vueltas en un cuento cuyo protagonista es un escritor sin éxito a quien de pronto se le aparece la mismísima Diosa Blanca de Robert Graves; La Musa de las Musas y...

Ah, no, qué va. A esta hora Pachulí no puede bajarle esa guayaba, que está podrida y apesta. ¿Y a ella, Ángeles Valdés Achón, graduada *cum laude* de la Academia, se le ocurren mejores razones? El escritor del cuento no reconoce en la muchacha la presencia transfigurada de la Diosa; juzga mediocre, vulgar, cuanto ella le dicta. Al cabo del tiempo descubre que antes de marcharse La Musa había diseminado un libro entero de poemas en escondrijos...

Vamos, Pachulí, que el olmo no da peras. Ángeles respeta su cuento, sus ideas y el cará; no sabe cómo serían esos poemas y sin dudas él está en su derecho de imaginarlos sublimes, grandiosos, blablablá… Pero los dibujitos de la fulana parten el alma, ¿acaso no lo nota?, ¿además de hablar con una muda tiene ella que vérselas ahora con un ciego?

Pachulí mira a la pintora sin atinar palabra. Cuando abre la boca recita:

> El hombre dice frases para otros.
> Oye que el ave es pájaro, no fiera;
> que abrigo contra el frío, y en la guerra
> la fuga o el combate: todo es poco.
>
> Así dios y el arado, así el mosto,
> la casa, los amores, sus flaquezas.
> Sin embargo para sí en la ausencia
> ni una frase tiene el hombre sordo,
>
> y solo y sordo de sí se recuerda,
> vuelve a ser el que fue, el ignorante,
> el silente glotón de tierra y piedra.
>
> Nada existe más grande que callarme,
> nada es bueno ni malo si mi abuela
> me da harina en los brazos de mi madre.

Ángeles reprocha su grandilocuencia y teatralidad, semejantes a las de Rocío. Él se encoge de hombros, suspira, confiesa que desea una vida simple, enamorarse de un reparador de refrigeradores o de un ladrón de bicicletas, que le digan la Pespunte o la Matahambre, cualquier nombrete de baja ralea. Quizá la naturalidad sea otro alibí, otro espejismo, pero…

¿Cómo acaba el cuento?, Ángeles interrumpe. ¿Que cómo acaba? Ojalá supiera.

v.

Cientos de veces ha contemplado los burdos trazos de Lolita sin que vislumbre una imagen o idea tentadora. ¿Cómo se deja imbuir por el delirio de Pachulí? Baraja, analiza, torna a barajar, y resulta idéntico fracaso. De aquellos bocetos saldría, a lo sumo, mera pintura naif: mal gusto e impericia travestidos con ropajes de ingenio gracias al desbarajuste de las vanguardias, el mercado y una crítica sin brújulas.

Ángeles escupe, toma té, medita. Asumir cínicamente el naif a instancias del Trampa es bien distinto de apostar en verdad por él. La muda será camajana, gozadora, nómada, cualquier cosa menos Musa. Así concluye para darse un respiro momentáneo, ir hasta el framboyán. No espera, ya no: cede a la costumbre. Intuye que Lolita ha encontrado a un mejor postor (amante propietario, no inquilino), y apenas le quedan ganas ni tiempo de girovagar en la avenida.

Sin embargo los mismos pensamientos vuelven, igual zozobra. ¿Por qué la muda había hecho y escondido los dibujos?; ¿según qué misterio se vinculaban esa realidad y la fantasía literaria de Pachulí? Trata de pormenorizar las más íntimas experiencias con Lolita, buscando algún detalle revelador sobre su identidad, que ha llegado a parecerle rara, sospechosa. Si antes gozaba el erotismo subyugante de la relación, ahora se pregunta cómo fue posible que al influjo de una desconocida transformara sus hábitos sexuales de la noche a la mañana.

Ángeles ha caído en las redes de lo extraño. Porque a la luz (o a la sombra) de sus valoraciones retrospectivas, extraño fue el modo en que se encontraron, extrañas la ansiedad de comunicarse Lolita al principio y las maniobras que empleaba, extraños su mutismo, la insulsa avenencia con que después respondía…

Por Nuestro Hombre en el Titanic se ha enterado del ingreso de Pachulí en la sala de siquiatría del Fajardo. Frente a los estantes del vendedor en la Plaza de Armas, un antiguo condiscípulo trasmitía (*así mismo, sí, como se lo cuento*) las «buenas nuevas» a una aparatosa (*pero no te lo puedo creer*) profesora. Consternada Ángeles, entreviendo en el hecho un aviso, una amenaza contra su propia integridad mental, resuelve poner fin a la historia de Lolita y a tantas cavilaciones.

Empeñada en lo que llama «hacer su vida», intenta disculparse con el Trampa, volver a la rutina de los encargos. Nadie contesta al teléfono, pasan los días y «hacer su vida» se convierte en recabar más plata de Nuestro Hombre en el Titanic, escupir, aburrirse, y finalmente enviar un apremiante y melodramático telegrama a casa de los padres de Rocío. Tampoco obtiene respuesta; «hacer su vida» se reduce entonces a deambular, pensando con tristeza que sus horas en La Habana están contadas.

Camino al hospital divisa a la muda. Inconfundible en la esquina de 23, se arregla la falda color mamoncillo y por entre los autos enrumba hacia la cafetería. La pintora se agazapa en un banco, nerviosa aún pero resuelta. Lolita cruza G haciendo con la bolsa de compras un péndulo, aparentemente alegre, y enfila por 25. ¿Irá también a visitar a Pachulí?

Comprueba aliviada como sigue de largo. La espía arrimándose a verjas, cercas, balaústres, y cuando la otra gira el cuello o aminora el paso, Ángeles se alebra en algún quicio. Siente ganas de vocearla, comérsela a preguntas, pero juzgándolas inútiles continúa al acecho.

Media cuadra antes de Paseo, frente al caserón de jardín yermo y fuente semiderruida, la muda se detiene, saca una llave y abre la cancela. Ángeles aguarda un rato y se acerca a fisgonear. Hace años estuvo en este sitio; recién había matriculado en San Alejandro y los alumnos del último curso organizaron aquí una fiesta. Recuerda las manos de Rocío ebria, aferradas a la rejilla.

En el caserón vive uno de los muchachos más talentosos de la escuela. Después de titularse ha emprendido, con muchísimo éxito de crítica y ventas, la pintura de prostitutas y marineros sadomasoquistas. ¿Será Lolita una verdadera Musa y por la insensibilidad y torpeza de Ángeles ha elegido a otro artista a quien inspirar? La idea moviliza toda su envidia.

El escozor de la rivalidad, la pasión de triunfo, la impulsan hacia el Titanic, decidida a la apuesta. Incapaz de apreciar la supuesta magnificencia de los bocetos, los llevará sin embargo pacientemente al lienzo; la suerte quizá se le abra de piernas y los cuadros resulten la revelación del siglo, ya porque la Musa ha aportado lo suyo, ya porque en este mundo loco *everything and everybody* andan patas arriba. En caso contrario, los venderá al Trampa o a otro embaucador con licencia.

Empieza por el boceto de las montañas. Las numerosas y minúsculas criaturas, semejantes a peregrinos, ascienden por las veredas que serpean entre las elevaciones. Aunque analizando mejor sus posturas, las líneas de los brazos, parecen bailarines sumidos en un jolgorio mágico que involucra a toda la serranía. Ángeles sopesa, traza, embadurna. Rememora los carnavales de su pueblo. Echa de menos el arroyo donde escapaba de la muchedumbre con Rocío: los tambores y trompetas las perseguían, y era harto difícil gozar del rumor del agua. Pero no se atreve a añadir ese detalle por fidelidad a la Musa.

A retazos, de un óleo a otro, los recuerdos comunes de ella y Rocío van emergiendo tras las vistas, frutas y animales que Lolita ha legado. Si colorea un melón, la memoria trae el que compraron aquella tarde en la playa solo para humedecerse las caras abrasadas; si un pez, la amura enorme que Ángeles arrojó a sus plantas como regalo de cumpleaños. La irrupción de esas imágenes la entretiene, hace más llevadera su labor, y por momentos siente que son el único incentivo.

Empero, cuando Rocío misma sube hasta el camarote, diz que afligida e inquieta a causa del telegrama, Ángeles no parece alegrarse, reprocha indiferente la demora, pincel y paleta en ristre, sin apenas mirarla, y dice que ya no la necesita. Ni telépata que fuera, arguye la otra, ¿o acaso Ángeles pensaba que ella saldría del Titanic a enterrarse en el campo? Divinamente instalada afirma estar Rocío en casa del asesor dramático del grupo *** (famosísimo), y solo ayer sus padres le hablaron del telegrama.

La pintora sigue retocando el gris de las vainas, grandes como de una leguminosa imaginaria y dispuestas de tal modo que semejan machetes de una ofrenda bruja o santa, a juzgar por quilos y velas, por las tiras de colorines y la papaya. Su silencio, la escasa atención que le brinda, enconan a Rocío: si no fuera por ella, Ángeles jamás habría tomado un cochino pincel en las manos; si no fuera por ella, que desatendió su propio talento para estimular el de la malagradecida, que trasegaba café y quesos de las lomas, que...

Ángeles escupe. ¿Rocío no es feliz? Ella también. ¿No ha conseguido un papel importante en el nuevo elenco? Pues ella ha conseguido una verdadera, auténtica Musa. Calabaza calabaza, *happy end*... Rocío disiente con lo de *happy end*; aquello es un *koniec* muy duro, ¿ella ha pasado el sofocón de veinte pisos sin ascensor ni luces para que su vida, su primer y único amor, la deje como Ana Karenina ante las ruedas del tren?

Las salidas de Rocío siempre le han dado risa. Pero esta vez no puede ceder y escupe, vuelve impertérrita al gris.

VI.

Sublime escuchar a Vangelis mientras contempla las obras. Sublime escuchar las obras mientras contempla a Vangelis. El júbilo de Ángeles hace confluir y confundirse las infinitas sensaciones; hasta la certeza de sí pierde entre la música, las formas y los colores.

Reclinados en las paredes, los lienzos rodean a la pintora, que gira y torna a girar en el centro, de un ángulo al opuesto y otra vez al mismo, como posesa de una danza precaria y pertinaz.

A solas celebra y no importa. Rocío subyace en los detalles que la memoria rescataba al influjo de la paleta, aunque no los reprodujese en las composiciones. Y de seguro Pachulí, en algún pasaje del delirio, habrá entrevisto con deleite un final para la historia en que la maestría técnica del artista consigue develar la majestad de los temas regalados por la Musa. Ángeles estima que en virtud de esa conjunción sus óleos trascienden el naíf, devienen cumbreras de la plástica contemporánea.

Tan convencida está del éxito que ni le preocupa el éxodo. En busca de pruebas para enjuiciar a Nuestro Hombre en el Titanic, la policía ha allanado los apartamentos que el traficante usaba como almacenes; llegado el turno del camarote, nada han descubierto, salvo la ilegalidad del alquiler. Ángeles tiene un día y medio para abandonarlo.

Pero ahora que la anima el soplo de su genio, que se sabe tocada por la gracia y cree en todas las visiones que antes consideraba sandeces de locos yególatras, esa nimia contingencia no la arredra. Será hippie de los sesenta, bohemia del café Voltaire, iluminada de la *new age* (escupe). Conquistará nuevamente a Lolita y la hará Musa solo suya. ¿Interesa mucho dónde duerma Ángeles y qué coma, si algún día habrán de coronarla con todas las dignidades?

Ni siquiera se percata del hombre que ha entrado por la puerta abierta. Cuando lo ve no reprime el mohín y escupe. Es el Trampa, dice que viene de una exposición cerca de aquí y con banderola blanca de tregua y paz. Ella sabe lo que significan esas palabras. Para que no se tome el trabajo de abrir la mochila y desplegar los catálogos; para que comprenda de una vez quién es Ángeles Valdés Achón, graduada *cum laude* de la Academia, y se abstenga de las proposiciones de siempre, le indica los cuadros.

Al primer vistazo el Trampa frunce el entrecejo, y a medida que recorre la improvisada galería su inquietud y asombro crecen hasta la perplejidad. La pintora se ufana de la reacción, la considera tan justa y elocuente que no osa interrumpirla con preguntas. El Trampa balbuce algo que Vangelis impide oír, pone la mochila en el suelo y saca un cuadernillo de carátula esplendente. Es el catálogo de la exposición que ha visitado antes de subir al Titanic. Conminada por él, Ángeles lo abre: la cara se le demuda.

Escupe, y lo que viene a su cabeza es Pachulí. Por vez primera aquilata la zozobra del amigo, el grave, contumaz silencio en que –dicen– fue recluyéndose, el mismo con que ejecutó la voltereta en el aire, según los testimonios de quienes lo vieron saltar y caer.

Hojea una y otra vez las pinturas del muchacho que vive con Lolita en el caserón. Idénticas a las suyas, solamente las habrían diferenciado aquellos detalles que, por fidelidad a la Musa, Ángeles omitió.

Escupe. Ángeles escupe mientras se imagina bordeando con negro el gris de los adoquines.

Fábula con monstruo

Nadie te manda, Pancho; si atiendes a Caleb, su consejo de refrescar en otro sitio o irse a dormir, el tal Osiris no te amarga la noche. Pero eres testarudo, *¿Qué tiene que ver, chico?*, y te acuestas bocarriba, *¿Cuál es el complejo?* Los tragos te dan por contemplar las poquísimas estrellas en el cielo encapotado, sin importar la suciedad del muro serenado y la aversión de Caleb hacia esta esquina.

Y en un santiamén, surgido de la nada, aparece Osiris. Quiere saludar a Caleb y Caleb lo deja con la mano tendida. Sumido como estás en las alturas, no reparas en él hasta que te palmea el muslo, *¿Qué hay, carpintero fino?* Alzas mínimamente la cabeza, tratando en vano de identificarlo, *Sin madera y en el quieto... ¿Y tú quién eres?* Se inclina sobre el muro, *Le ronca, asere*, y acerca su cara a la tuya, *¿Todavía no caes?*

Horrible. El estrago de la piel, donde todo es –aviesamente reunidos– pequeñas cicatrices, declives y como verdugones, te parece conocido, *Me hago idea... no sé...*, pero su calvicie no congenia con la imagen remota que viene a tu mente. Osiris murmura algo, vuelve a mirar a Caleb, diríase que con saña, y sigue hablando contigo. *Ponme el tacho, carpintero, y verás como te acuerdas.*

Es él, el muchachón de la imagen, *Ahora sí caigo*, con voz y figura de hombre, su fealdad acrecida. Estás a punto de darle la mano y preguntar, mera cortesía, qué fue de él todo este tiempo. Pero el instinto de perro viejo te aconseja. Caleb empieza a tamborilear nerviosamente en la caja de la guitarra y Osiris vuelve a encimársete, *Hace falta que me hagas un trabajito ahí.*

Te sobresaltas. Aunque nada de insidioso hay en el tono del recién llegado, la posibilidad del equívoco te pone en guardia. Por lo que pueda pensar Caleb. *Una cama, socito*, añade rápidamente, como si adivinara los recovecos por donde se enmarañan tus ideas y quisiera cebar la suspicacia. Pero al ver que te levantas, Osiris destuerce la maniobra, *La pura vendió mi cama, asere*, entrecruza aparatosamente los brazos sobre el pecho y abre las piernas, *Pa' llevarme la jaba al tanque*. Y sonríe, no deja de sonreír, entre jovial y desafiante. Son diminutos sus dientes; parece que no han terminado de crecer. Eso también lo recuerdas. De lo que sí no logras acordarte es de su nombre, si alguna vez lo supiste.

Osiris apenas sostiene la mirada, que se mueve hacia ti, hacia Caleb... Por si sus intenciones son, acaso, las que presumes, demoras en responder, *Te repito que no tengo madera*, aguzando las palabras para que su filo relumbre sin melladuras. Caleb te hace una seña apremiante y se baja del muro, la guitarra al hombro. Caleb siempre con sus miedos y sus escrúpulos. Entonces Osiris descruza los brazos, *La madera la pongo yo*, y se coge el bulto cuya munificencia los pantalones blancos resaltan, *De la dura*.

Caleb ha quedado de una pieza, *Vámonos de aquí, Panchi, vámonos*, todo tembloroso. Pero te resistes. Claro que te resistes. El tipo no hace más que buscar lo que necesita e intenta agenciárselo de la forma que mejor sabe. Nada tiene de sorprendente ni de abominable, y no hay razón para que huyan. Algo así piensas, *Nos quedamos, tati; el socio no ha legislado que tú y yo somos yuntas*. Caleb abre grande los ojos, *Hazme caso, Panchi, mira que...* Muerto de la risa, Osiris continúa sobándose, *Me desayuno, Panchi*, trata de imitar la voz de Caleb cuando te nombra, *Pero me sirve con los dos; hace falta arar mucho pa' sembrarse este tronco*, y empina la cintura hacia delante para que lo justiprecien.

Nadie te manda, Pancho, a posarte aquí a esta hora de la madrugada. *Nosotros no entramos en esas melcochas, compadre,* sigues creyendo que es posible resolver el asunto sin llegar a mayores. *Respeta, ve tumbando,* tratas de convencerlo casi hasta evitando ser ríspido, porque lo imaginas solo y urgido; intuyes su inquietud de que ahorita amanezca y aún no haya conseguido –represa en demasía– alivio.

Si fuera por ti, da lo mismo que se la amase como que la enseñe. Pero el tipo no entiende, *¿Que tú no entras en qué? A mí no puedes hacerme ese cuento, fiera.* No entiende que el problema no eres tú sino Caleb, su desprecio por esta esquina, por la gente que aquí viene; su terror de involucrarse en situaciones escabrosas, violentas; el odio que siente hacia tu pasado y el recelo constante de que vuelva, *¿O ya no te acuerdas?,* de que, en verdad, nunca se haya ido.

Quizá por eso, y temiendo que pierdas la calma, Caleb principia a caminar, *Te advertí que no viniéramos...,* a pasos cortos hasta la otra acera. Entonces sí te molestas. Te molesta Caleb por su fatua altanería, tanta fragilidad e ignorancia envuelta en melindre. Y te molesta Osiris con su empecinamiento inoportuno y sin límites. Si tanto de ti conoce, ¿sabrá que puedes alzarlo en peso y tirarlo como un saco de aserrín, romperle a ojos cerrados una pierna, hacer de gelatina o puré su codo, el hombro, la mano? Más le valdría... *¿Qué te parece que aquí tres no cabemos y nosotros dos no vamos a irnos?*

Osiris no sabe, Pancho, o no recuerda. Caleb –que sí sabe y también recuerda– en un gesto absurdo, dictado por el pánico, se descuelga del hombro el instrumento y lo abraza fuerte. *Vienen dos hombres, Pancho, qué pena, por lo que más quieras, vienen dos hombres y una mujer, vámonos.*

Osiris echa a correr calle abajo, atraviesa la luz, se esfuma más allá, en lo oscuro. Y Caleb vuelve adonde estás, aferra tu brazo de bíceps tensos, dispuestos... Va aflojando los dedos hasta esbozar una caricia. Te mira suplicante. Los hombres y la mujer cargan paquetes, maletines, *No sé dónde meter la cara, mi amor...,* uno te conoce, la mujer a Caleb, *Va a llover, Pancho, mira como caen goticas...* Y tienen que apurarse, ir hacia la casona de enfrente.

En menos de un minuto el aguacero forra el portal con una cortina espesa, blanquecina. Se escucha a la gente de los bártulos hablar del tren que sale en media hora, de que si un teléfono, algo que los cubra... De un extremo al otro, viene el conocido tuyo, te pide cambio para un billete del Che y le regalas todo el menudo que traes. *¿Te acuerdas de cuando éramos fiñes?* Pero se va sin esperar respuesta, como si te diera las gracias invocando la memoria de un tiempo ido. Total, para lo que recuerdas...

¿Quién era él?, indaga Caleb, la guitarra al hombro de nuevo, más relajado. *Del barrio donde nací, ¿tú no oíste?* Aunque sabes por quien pregunta, quieres fastidiar a Caleb. Porque has visto muchas veces esa carita de yo no fui, esa voz arrulladora de CSI encubierto que averigua como quien no quiere la cosa, y estás seguro de que el interrogatorio viene. *No te hagas, Pancho. Hablo del monstruo.* Solo cuanto quieres a Caleb, lo mucho que te gusta, ha hecho que soportes. Únicamente las ganas de pisar tierra firme después de un océano de charcos (aunque, de vez en cuando, apareciera un Baikal o un Amazonas).

Si cojo a ese lo pongo a volar y lo dejo caer sin paracaídas, dices, a sabiendas de que las palabras alarmarán a Caleb y habrá, al menos, una mínima tregua. *¡Lindos nos veríamos* —muerde al anzuelo— *en el hospital o en la policía!* Imaginar a Caleb en semejante situación te da gracia, despabila tu humor, *¡Va y el fuacatazo contra la acera le arreglaba la jeta y el tipo me felicitaba y to'!*, y el chiste hace blanco en Caleb, *¡Qué feo, por dios!* Le mete miedo al susto. Adoras al Caleb divertido, esa parte suya despreocupada, pícara. Por eso lo contemplas sonreír, parece un niño. Y porque, además, sabes efímera, *No creas que se me olvidó*, demasiado efímera, esa visión, *¿De dónde conoces al monstruo?*

Se merece que lo digas. *Al monstruo se le marcaba buena, ¿eh, tati?* Para que entienda que vivir es con los ojos, con las manos, con la boca. También. Sobre todo. *¡No me vayas a decir que no te fijaste!* Cansado estás de repetírselo: que la vida es una sola y la mente engaña, te ilusiona con que son muchas, otras, más adelante... *Si no fuera porque ando con la guitarra, me perdía de aquí ahora mismo, aunque me empapara,* Caleb se enardece y golpea débilmente tu hombro, a puño cerrado.

Entonces el conocido regresa, a pedir el móvil prestado. Caleb se descuelga la guitarra y empieza a manipular las clavijas. El hombre marca el número, se aleja un poco, musita algunas palabras rápidas y te devuelve el equipo. *¡Qué tiempos aquellos!, ¿te acuerdas?* No contestas, ni falta que hace. *Chico, ¿cuál es la insistencia?, ¿de qué quiere él que te acuerdes?,* Caleb ha perdido totalmente la compostura de CSI encubierto. *Hacíamos cositas en el cuarto de desahogo de mi casa,* con la sonrisa de oreja a oreja añades una aventura más a la saga de Pancho-fornicador-sin bandera que la fantasía de Caleb se empeña todo el tiempo en reconstruir y agrandar.

Nadie te manda, Pancho. A estas alturas Caleb no entiende de chistes; descubierto el investigador, el niño se ha escondido, *No me quieras marear, Pancho Ramírez; me llevas quince años pero no me das ni una vuelta, ¿oíste?* Alza la voz sin importarle –un milagro, todo un milagro– que la gente de los paquetes pueda oír; como si fueses a amedrentarte con sus ojos tan abiertos, como si de pronto el investigador sacara del escondite a un niño otro, confiado en que la rabieta le hará salirse con la suya, *Dime quiénes son los dos, de qué cuento de hadas, de qué historieta, se escaparon el monstruo y el amiguito de tu infancia.*

Mil veces le has explicado; *Por gusto, no crees lo que digo.* Olvidas la mayoría de los detalles del pasado. A veces dudas si alguien que te saluda o se te queda mirando fue tu amante. Con frecuencia estás seguro pero entonces ignoras el nombre o cómo lucía desnudo. *La mente en blanco, te lo juro; con su colorcito de vez en cuando, pero igual...* Otras veces tienes la certeza de que con este o aquel fue bueno o malo el sexo y, sin embargo, eres incapaz de definir por qué. *Conmigo no va eso de las películas, que el tipo cierra los ojos y ve lo de atrás clarito clarito, como si fuera otra película. Pero...*

Vas a mencionar la verruga de Caleb justo en medio del pecho, cómo se le eriza la espalda con la punta de tu lengua, la sarta de eslabones tatuados que le brotan en espiral desde el cóccix para engarzar el ancla enorme, de un azul desvaído, que hace fondo más abajo, en medio de la nalga... Detalles verdaderamente significativos que tu memoria guarda. Vas a recalcarle que vivir es ahora mismo, con los ojos, con las manos, con la boca... Pero divisas a Osiris, caminando sin camisa bajo la lluvia, que ha empezado a amainar.

Caleb se desconcierta, *En mala hora nos sentamos en esa esquina*. Te entran ganas de confesar que es una lástima la cara del monstruo. No recuerdas que de muchachón su cuerpo anunciara o dejase adivinar cuanto de admirable revelaría años después, hoy, esta madrugada. Pero basta de echar leña al fuego, Pancho. *Tú tranquilo, tati, que desactivar al punto ese es un quíquere pa' mí.*

Tan temerario como en sus tiempos de estreno, Osiris persiste en el asedio: se cuela en el portal por delante de ustedes, con la cabeza baja, simulando indiferencia, y se para cerca del trío. Enseguida la mujer –gallina que resguarda su nidada– empieza a agrupar los maletines y cajas, desperdigados sobre el piso, y cacarea algo ininteligible. *No quiero problemas; si empieza con lo mismo, nos vamos; la guitarra es lo de menos*, farfulla Caleb y se la cuelga otra vez.

Caleb no conoce a los tipos como ese. Si Caleb tuviera la mitad, solo un tercio de la resistencia de Osiris contra el fracaso, un tercio de su disposición para intentar lo que desea, habría aprendido a tocar, al menos, las canciones de Arjona, que tanto le gustan. Caleb ni se imagina: La Bárbara, Minguillo, Tina Túnel lo colmaban de improperios, se reían de su cara maltrecha por el acné, de sus carnes magras, los dientecitos grotescos, la piel como sucia. Pero el monstruo soportaba, callaba, esperaba. Alguna que otra noche, al filo del amanecer, cuando era evidente que no habría pan, la tribu echaba mano al casabe.

¿Te quedaste mudo? ¡No puedo creer que estés mirando a ese tipo, Pancho! Ha aparecido, por suerte, una flaca caquéctica con unas botas plásticas que le llegan casi a la rodilla y arma grandísima alharaca apurando a la gente de los equipajes, mientras les entrega un paraguas gigante y un trozo de nailon. *¡No jodas más, Caleb! Déjame gozar la talla del esqueleto rumbero. Tremenda pinta de la Defensa Civil que tiene.*

Osiris parece escuchar lo que dices, porque sonríe, no para de sonreír. Caleb se da cuenta, *Habla bajito, por favor, la señora va a oír; mira cómo el feo ese te celebra la gracia.* El conocido tuyo levanta el brazo, *Agradecido, compadre,* antes de salir al aguacero, que ha arreciado de repente. Osiris camina hasta la herrumbrosa balaustrada que circunda el portal; se inclina sobre el barandal. *¿Interesado en la lluvia, Pancho, o en que contemplen su nuca, las nalgas y dorsales vigorosos, el surco hondo de la espalda? Esqueleto pinga, maricones; váyanse a fletear a otra parte,* la flaca los encara desde la acera, bajo la sombrilla, y como no le ripostan, sigue de largo, *Ojalá los muerda el cangrejo, pa' que vean lo que es hueso y pellejo.*

Nadie te manda, Pancho. *Nadie te manda a meterte con personas desconocidas; mira la pena que me has hecho pasar.* Caleb no tolera un percance más, *En mala hora permití que viniéramos a carenar aquí,* exige irse a casa, ahora mismo. Osiris se vira de frente, apoyadas las manos y la cintura en la baranda. *¡Tate quieto,* *viejo!; bastante que me costó comprarte la guitarra pa'echarla a perder así como así.* Es extraordinariamente bello el torso de Osiris, perturbador el relieve que crece y crece bajo la tela mojada. Tanto más cuanto Osiris simula ignorarlo, la cabeza ladeada, como si algo recabara su atención a lo lejos. Llega un momento en que la cara se le borra, no existe o no hace falta. *Pero qué descaro, mira a ese hombre como está*, y es curioso, muy curioso, que Caleb diga *hombre* y rescate a Osiris del mundo de los monstruos.

¿Así que vacilando? Te cogí, tati, te cogí. Nadie te manda, Pancho; bien sabes que Caleb no consiente esa liberalidad y franqueza. Ofuscado a más no poder, se desprende del instrumento, lo recuesta a la pared y amenaza con marcharse. Lo sujetas por el brazo. Solo cuanto quieres a Caleb, lo mucho que te gusta, ha hecho que soportes. Únicamente las ganas de pisar tierra firme después de un océano de charcos. *Así que anclaste el barco y piensas que nunca más vas a estar en mar abierto*, escuchas decir a Osiris. *¿Qué tú trinas, socio?*, confundido, piensas que ha leído tu pensamiento.

Pero te equivocas, Pancho. *Mis respetos, asere, que usted es un tipo estelar; eso fue con su yunta.* No entiendes, *Tú no tienes na' que hablar con mi yunta*, y te das cuenta de que todavía tienes agarrado a Caleb, aunque Caleb ya no haga fuerza. *No quiso ni saludarme; pero cualquier día el ancla se le zafa y el barco se va a pique: marineros somos...* Sigues sin comprender, *Canta claro, asere, que oigo la música pero la letra no la copio*, y sueltas a Caleb. *Él sí me entiende; pregúntale pa' que veas.*

Caleb apenas logra ocultar el azoro; esos ojos no te engañan, Pancho. *¡¿Yo?! ¡Qué sé yo lo que ese loco está hablando!* De pronto tienes un vislumbre... Pero qué va, imposible... *¿Cuál es el farol, compadre?*, demoras en responder, aguzando las palabras para que su filo resplandezca sin melladuras. Osiris va entonces al contragolpe: se hace, por fin, la luz, *Farol ninguno, fiera... Bueno, yo* *farol no pillé ninguno; lo que vi esa noche fue el tatuaje, un ancla con su cadenita y to'.*

Nadie te manda, Pancho. Si atiendes a Caleb, su consejo de refrescar en otro sitio o irse a dormir, el tal Osiris no te amarga la noche. Pero eres testarudo, y mira las consecuencias. *Eso es mentira, Panchi, seguro el tatuador se lo contó.* Solo cuanto quieres a Caleb, lo mucho que te gusta, hace que soportes inmóvil y en silencio esa última mentira. *En mi vida he visto a este hombre, Panchi, mi amor, en mi vida...* Nada de recriminaciones ni de violencia. Solo te queda aceptar dignamente el error: tampoco Caleb era tierra firme. Tienes que saltar el charco, proseguir la travesía en el océano.

¿Y cuál es tu nombre, socio?, das unos pasos hasta Osiris y le tiendes la mano. *Osiris,* responde mientras ofrece la suya, *Me llamo Osiris, pero en el tanque me pusieron El Bache, por la cara, tú sabes...* Estás muy triste, pero sonríes. Vivir es con los ojos, con las manos, con la boca. *Te voy a hacer la cama; tengo un poco de madera por allá, tú pones lo que falte,* dices bien alto y le guiñas un ojo. Al voltearte ves a Caleb llorando, *Es que me daba pena, mi amor, entiéndeme,* hace por abrazarte cuando coges la guitarra. Lo esquivas y sales al agua.

Fiesta en casa del magíster

> Hay un modo de evitar que se parece a la búsqueda
>
> V. Hugo

Ahora tendré el gusto y la felicidad de alegrar tu tarde, Magíster. Bien sé yo que a veces no cocinas y mal te hartas con restos de comida del día anterior. Bien sé yo que cocinar es para ti una fiesta; tiene que serlo o renuncias. Y una fiesta, Magíster, exige de otros que se atraigan o crean o finjan atraerse –nadie como tú conoce tales declinaciones de la atracción.

Una fiesta requiere de invitados que se instalen nerviosamente en los taburetes y, entre roce de las piernas y manoseo de las entrepiernas, acepten las papas fritas del rebosante plato que ofreces como aperitivo.

Una fiesta reclama que vayas vigilando la salsa del pollo a la *ville roi* mientras observas cómo la Veneno se La saca de los chores al que dice llamarse el Cangre y ser de Camagüey. Llevas a la boca unos granos de arroz y compruebas que están a punto en el instante en que la Veneno, genuflexa, se atraganta con el Cangre.

Es una fiesta innombrable, Magíster, picar los tomates maduritos en rodajas casi idénticas, gozar el contraste con el blanco de la col meticulosamente trucidada y las franjas verdes del ají y el como polvo naranja de la zanahoria, que rallas con beneplácito porque estimas la exquisitez de esparcirlo sobre el resto de los colores.

Qué fiesta imaginar la mesa maná, la mesa cáliz. Qué deleite el vislumbre de las fuentes y platos convertidos en fuentes y platos en virtud de tu hazaña. Qué fiesta, Magíster, el momento en que la tarde empieza a alcanzar su definición: la hora de la mantequilla.

Sacar del refrigerador el pomo con nata de leche congelada, fruto de la acumulación diaria, es la señal. Pura, de vaca Holstein, dices; y ellos pasan de los taburetes a la cama grande: la pequeña, que está al frente, es para ti. Para que te sientes, jarro y cuchara en mano, a batir la nata.

Nada hay en el mundo más regocijante y misterioso que hacer la mantequilla uno mismo, Magíster.

Ablandar esa masa díscola y blanca. Hacer que surja de lo ya domesticado y aún grumoso, algo cada vez más terso y otra vez rebelde. No cejar, seguir hostigando a esa resistencia; obligarla a que de sus entrañas emane el líquido que otorgaba la albura primigenia y vaya tornándose cremosa, amarilla. Echar agua, lavarla, como si lo blanco eyaculado no saciara sus afanes de purificación y exigiera más, más, más, hasta hacerlos redundantes y estériles.

Lo tuyo es la mantequilla, Magíster. Nada hay en el mundo más regocijante y misterioso que hacer la mantequilla uno mismo.

Por eso siéntate y bate. Ve transitando de una fase a otra de la mantequilla al compás de la Veneno y el Cangre.

Delante de la cama la Veneno se inclina. Apoya la diestra en el borde, separa las nalgas con la zurda. Erecto a medias, el Ser del Cangre se esfuma de sopetón, como por magia, en el agujero. Hierática, la Veneno soporta las embestidas. Declama, cabizbaja y los ojos entornados, el eterno repertorio de bocadillos: que si Aquella Es La Más Grande, La Más Rica, que si Él Es Su Macho y Ella, Papi, Sería Para Siempre De Él.

El Cangre disfruta mirando su Ser en movimiento.

Nadie, ni tú mismo, Magíster, atiende al misterio de la nata mutándose en mantequilla. Bates y bates automáticamente, seguro de la regularidad del proceso, ajeno a lo singular de aquella concreta y única nata que agitas incansable.

La Veneno rompe el ensimismamiento narcisista del Cangre sugiriendo otra posición. Él, displicente, se La saca. Sentado en la esquina echa el tronco hacia atrás para que la Veneno limpie sus propias heces con la lengua y después La succione haciéndoLa aparecer y desaparecer mientras él disfruta el espectáculo con la nuca sobre una almohada que ha descubierto y doblado *ad hoc*.

Pero el Cangre se aburre: la Veneno La engulle completa y él solo alcanza a contemplar la abundante cabellera de la glotona en su monótono parkinsoneo. Es mejor si, a una orden, la Veneno desecha las deglusiones profundas y ejecuta simples amagos. La mirada del Cangre puede entonces recrearse en el prodigio de las semimuertes y semirresurrecciones alternas de su Ser, majestuosas epifanías.

Nada hay en el mundo más regocijante y misterioso que hacer la mantequilla uno mismo, Magíster. Nada como ese instante en que sin mirar (no tienes que mirar), tu avezada, sensitiva mano, intuye que la transmutación está al suceder, que bastaría un movimiento más para que el jugo, la bendita savia, se derrame en el jarro.

Por eso detente. El Cangre exige que la Veneno se le siente encima; ella vuelve a virarse, y encajándose y aparentando desencajarse, permite al Cangre la emoción de comprobar que es suyo lo que encaja, inobjetablemente de él lo que lacera. La Veneno no puede, como tú, detenerse. Aprieta los párpados, se descogota, tensa los brazos. Húrtase, se quiebra, gira. De su fláccido apéndice brota un flujo espeso que embarra el piso.

Ella no puede detenerse, Magíster. Debe continuar aunque haya quedado laxa, a cada encajamiento más laxa y ajena, y un ambiguo malestar, quizá un ardor, la induzca por instantes a la claudicación.

Ahora menos que nunca se detiene. Es el inicio de su apoteosis: finge que llora, recita con énfasis renovado el repertorio de bocadillos; pide al Cangre que La Golpee, La Mate. Él se desentiende, sabe que las peticiones son formas oblicuas de conminarlo a terminar. La Veneno se zangolotea con artes más esmeradas; insiste en que la maltrate, Coño, Le Dé Leña, Él Es Su Macho, Ay, Se La Meta Y La Mate, Papi, La Mate. Ella Lo Que Quiere Es Morir Con Él Adentro.

El encajador se ofusca. Irguiendo el tronco asesta un puñetazo, Maricona Trágica, en las costillas para que haga silencio. Pero la encajada, Ay, Su Mamá, Mirara Su Mamá Cómo El Marido Le Estaba Dando, se dobla sobre sí, mártir adolorida, Ay, Mamá, las palmas en el piso, contorsionista, inmóvil, forzándolo a pararse, Ella Quiere Más, Más Golpe Y Más Cangre, que Su Mamá Vea Cómo El Marido La Maltrata, Ay, Y Se La Tiempla.

Él se echa hacia atrás y del bolsillo desenfunda un cigarrillo, lo prende y se incorpora. Furioso e inclemente, sin ánimo ya para entregarse a narcisismos, obedece: mueve la cintura con rabia mientras quema la espalda de la Veneno.

Nada hay en el mundo, Magíster, como lo que ansías: ese último estertor de tu mano con la cuchara, ese rictus que rezuma cansancio y júbilo; ese gesto triunfal que la Veneno –los ojos lagrimeantes y el cuerpo sudoroso, ya blando, casi en el umbral de la aponía–, reclama del Cangre exigiendo que La Preñe, La Preñe, con voz de ultratumba.

El Cangre se zafa y empuja a la Veneno, que cae, desmadejada y plúmbea, al suelo. Con el pie desnudo la posiciona según su antojo: ver íntegra la espalda que ha chamuscado, amasarse El Ser, oprimirlo, contemplar cómo lo que se desparrama sobre las quemaduras es suyo, absolutamente de él La Emanación.

Lo tuyo, Magíster, es la mantequilla; observar el líquido en el jarro, corroborar por enésima vez que el blanco se torna amarillo y los grumos, una crema. Indicas el baño con el dedo, incitándolos a lavarse mientras tú, en la sala-comedor-cocina, echas y botas y vuelves a echar agua a la mantequilla, como si lo blanco eyaculado no saciara tus afanes de purificación.

Cuando los comensales estén limpios entonces servirás la mesa, con los platos y las fuentes y los cubiertos todos. Bien sé yo que cocinar es para ti una fiesta; tiene que serlo o renuncias. Y una fiesta, Magíster, exige de otros, la Veneno y el Cangre, que se atraen o creen o fingen atraerse.

¡Buen provecho!

Instrucciones para un hombre solo

a Lázaro, zapadora

1. Hacerlo regresar. Como quien viaja de un vacío a otro vacío. Como quien apenas se ha movido nunca.
2. Colocarte ante las evidencias de los mismos objetos e idénticos desórdenes.
3. Obligarla a que tome asiento en la exacta silla de siempre, y suspirando aguarde algo extraordinario que haga posible una historia.
4. Maniobrar un suceso mínimo, casi un truco: la llegada de Virgilio.
5. Alegrarme infinitamente. Demostrarlo.
6. Ponernos a conversar sobre la soledad de modo que vayamos transitando de lo general a lo particular. Como si la soledad fuera distinta para alguien.
7. Arrastrarlos –a ellos– a una confesión tautológica: decir que están solos.
8. Hacerles ver –a ustedes– que la necesidad de los personajes roza lo metafísico. Como si la conciencia de la soledad les hurtara los cuerpos de un tajo.
9. Otorgarle a Virgilio la posibilidad de conocer una salida tentativa y de comunicárnosla. Impulsarlo a marcharse luego, como si todo fuera una revelación o una gracia tras la cual se nos dejará otra vez solos.
10. Ayudar con el énfasis de Virgilio a que te sientas motivado para discar el número telefónico de esa agencia *underground*

adonde otros, iguales a ti, acudirán a entregar sus señas, deseos y exigencias.

11. Describirme, convertirme en ideal para alguien. Describir enseguida mi ideal de hombre. Que ese oído lo sepa, que ustedes lo sepan, que yo pueda saberlo al fin.

12. Velar por que en el esbozo ese hombre sea bueno, sincero, inteligente. Sensible, maduro, responsable. Que casi no sea.

13. Hacer que la voz del otro lado lo conmine a ser concreto. Habrá de quedar bien claro que en ese punto de la trama el personaje se halla forzado a declarar que la piel será blanca, la estatura mediana (si fuera alta, mejor, acotará) y los músculos decorosamente volumétricos, exhibibles en la cama y la calle. La edad puede oscilar entre los veinticinco y los cuarenta.

14. Animarte a añadir: bello, que no tenga muchas plumas, que sea libre y osado en el sexo, que su pinga transcurra de la normalidad al dolor.

15. Pero: imponernos callar. Callemos todos. Por miedo al derrumbe estrepitoso de la aureola metafísica.

16. Pensar –ustedes– que es racista y frívola. Procurar que ella misma se inflija tales adjetivos una vez colgado el teléfono. Crear una atmósfera de patetismo alrededor del asunto. Conducir al personaje hasta un *to be or not to be* memorable.

17. Hacerme esperar a hombres distintos: el hombre bueno y el hombre bello. Como si la espera anticipara siempre la pérdida de uno de los dos.

18. Maniobrar otro suceso: la llamada-respuesta-cita de la agencia.

19. Que se vista milimétricamente, como si se tatuara de pies a cabeza. Que vaya al encuentro del hombre que ha dicho llamarse René.

20. Inducirlos –a ellos– a llegar antes que René, identificarse con el nombre clave: Pedro de Jesús, sentarse a la mesita redonda

en medio del cuarto pequeño y elegante adonde los conducirán con solemnidad, y esperar tomándose un trago de Cuba Libre, regalo de la casa.

21. Mantenerte ecuánime cuando veas aparecer a Virgilio, muy ataviado, y el muchacho amabilísimo de la agencia anuncie: «Pedro de Jesús, tenemos mucho gusto de presentarle a René. René tenemos mucho gusto de presentarle a Pedro de Jesús».

22. Entristecerme infinitamente. No demostrarlo.

23. Sonreírse cuando el muchacho se haya retirado. Tomarlo todo como una broma, una revelación o una gracia tras la cual se nos dejará otra vez solos.

24. Que Virgilio declare: «Nunca hasta ahora me di cuenta de que éramos ideales el uno para el otro».

25. Asentir todos, incluso ustedes.

26. Que Virgilio agregue: «Pero es obvio: lo que buscamos en realidad no son hombres ideales».

27. Asentir de nuevo –nosotros, no sé si ustedes.

28. Fingir –ellos– que empiezan a conocerse, que es un éxito la cita. Emborracharse allí mismo. Arruinarse. Pagar los servicios de la agencia. Irse.

29. Regresar. Como quien regresa de un vacío a otro vacío. Como quien apenas se ha movido nunca.

Nota: No escribir el cuento, ni ese, ni ningún otro. Ponerle fin al vicio.